AF191471

Text und Cover: Robert Füllenbach

ISBN: 9783758366475

Herstellung und Verlag:

BoD – Books on Demand, Norderstedt

www.bod.de

Wüstenmeere

Robert Füllenbach

Das Schiff aus dunklem Holz steht zur Seite geneigt auf einer Düne. Maleeo erreicht es als Letzter und reiht sich in den Kreis ein, den die Reisenden seines Stamms um das Gefährt gebildet haben. Hemass, sein Anführer, zieht sein Messer aus dem Gürtel. Die anderen tun es ihm gleich und halten die Klinge an den Zeigefinger.

„Sekarr!", ruft Hemass in der Sprache der alten Völker.

Sie vollführen den Schnitt. Blut tropft in den Sand und verschwindet, als würde es von etwas nach unten gesogen. Leichter Wind frischt auf, während sie die Messer wegstecken und warten.

Nach einigen Minuten vibriert der Boden, begleitet von tiefem Brummen. Die schwarzen Tentakel eines Sandreisenden dringen an die Oberfläche, schlängeln sich um den Rumpf und richten das Schiff auf.

Hemass geht zu der herunterhängenden Strickleiter und klettert an Bord, gefolgt von Maleeo und den anderen.

Maleeo tritt neben Hemass, der auf dem erhöhten Heck am Steuerrad steht. Die weiteren Mitreisenden haben sich auf den Boden gesetzt und lehnen mit dem Rücken an der Reling. Einige tragen ein Kopftuch, genauso weiß wie ihre Gewänder.

Der Wind aus östlicher Richtung wird stärker. Dunkle Wolken hängen am Horizont.

„Der nächste Regen kommt", sagt Maleeo.

„Sieht so aus", meint Hemass. „Setz dich besser hin!"

Maleeo nickt und sucht sich einen Platz.

Um Hemass Hals hängt an einer Schnur ein Horn. Er greift es und bläst mehrmals kräftig hinein. Dumpfe, tiefe Töne dringen durch die trockene Wüstenluft. Kurz danach setzt sich der Sandreisende in Bewegung und zieht das Schiff mit sich.

Mit geschlossenen Augen genießt Maleeo das Gefühl, auf dem Schiff durch den Sand zu gleiten. Das sanfte auf und ab über die Dünen, das Rauschen des Windes. Bis die Wolken über ihm den Himmel verdunkeln und ihren Regen ausschütten.

Er öffnet die Lider, kniet sich hin und blickt über die Reling. Die Welt ist hinter dem nassen Vorhang kaum zu sehen. Umgeben vom Rauschen des Wassers verliert er jedes Zeitgefühl. Irgendwann hört es auf, innerhalb weniger Minuten lösen sich die Wolken auf und die Sonne scheint wieder vom blauen Himmel herab.

Nur noch langsam werden sie durch den schweren, dunkelbraunen Sand gezogen. Tiefe Pfützen haben sich zwischen den Dünnen gebildet. Lebewesen aus den Tiefen der Wüste tummeln sich darin und versuchen, das rettende Ufer zu erreichen. Echsen, Schlangen, Spinnentiere.

Maleeo streicht sich das Wasser aus den schulterlangen schwarzen Haaren und steht auf, um sich vom Wind trocknen zu lassen.

Nach einer halben Stunde erreichen sie das Caluuah-Gebirge. Erneut bläst Hemass in das Horn. Der Sandreisende wird langsamer und hält etwa hundert Meter vor den Ausläufern der Berge an. Lautlos verschwinden die schwarzen Tentakel im Sand, danach neigt sich das Schiff leicht zur Seite.

„Holt die Körbe und Wasserschläuche!", ruft Hemass.

Eine junge Frau zieht die Luke zum Laderaum auf. Die Stammsmitglieder holen geflochtene Körbe und Schläuche aus Tierhaut heraus und tragen sie zur Strickleiter.

Hemass klettert als Erster nach unten, gefolgt von den anderen, bis nur noch die Frau oben ist. Mit geübten Bewegungen wirft sie die Körbe und Schläuche nach unten, wo sie aufgefangen werden. Dann verlässt sie selbst das Schiff.

Durch den nassen Sand nähern sie sich einem steinernen Pfad, der an dem Berg vor ihnen hinauf führt. Maleeo schleppt einen der Wasserschläuche und beginnt zu schwitzen, als sie dem steiler werdenden Weg folgen. Nacht fast einer Stunde erreichen sie weit über dem Wüstenboden eine Höhle, die zu dem Tal auf der anderen Seite führt.

Manche seiner Stammsfreunde tragen einen violetten Stein an einem Band um den Hals.

Je tiefer sie in die Dunkelheit des Berges vordringen, desto heller leuchten diese Lichtbringer, die nur selten in der Wüste zu finden sind. Mit vorsichtigen Schritten tasten sie sich über den felsigen Boden, vorbei an mit Wasser gefüllten Vertiefungen. Bis sie am Ende der Höhle endlich wieder Tageslicht sehen.

Als sie ins Freie treten, wird der Schein der violetten Steine schwächer und erlischt. Vor ihnen liegt das weite Hochtal, das die umliegenden Siedlungen mit genügend Nahrung und Wasser versorgt. Häuser aus weißem Gestein glitzern in der Sonne Der Regen ist bereits durch die ebenerdigen Brunnen abgeflossen, die von den Bewohnern gegraben wurden.

„Deine Freundin wartet bestimmt schon", meint Hemass und verwuschelt Maleeos Haare.

„Sie ist nicht -", beginnt Maleeo, aber Hemass geht bereits weiter.

Sie folgen ihm den grasbewachsenen Hang hinab, bis sie nach einigen Minuten die Siedlung erreichen und zu dem Platz in deren Mitte gehen. Hemass betritt das Haus des Stammsanführers.

„Hey!", ruft jemand. „Das Wasser holt sich nicht von alleine."

Maleeo lächelt, als er Clariis näherkommen sieht. Sie trägt eine hellgraue Leinenhose und ein weißes Hemd. Wie so oft hat sie ihre langen braunen Haare zu einem Zopf geflochten.

Kurz deutet auch sie ein Lächeln an, dann sagt sie „Kommt!" und macht sich auf zum Rand der Siedlung, gefolgt von Maleeo und den anderen Wasserschlauchträgern.

Sie gehen durch ein kleines Wäldchen und klettern dahinter einen steiler werdenden Hang hinauf, bis sie eine Höhle erreichen und betreten.

Auch Clariis trägt einen violetten Stein um den Hals, das Band so um die glatte Oberfläche gebunden, dass er davon gehalten wird. Maleeo und die anderen folgen ihr durch die verzweigten, teils schmalen Gänge, immer tiefer in den Berg hinein. An den steileren Stellen sind Seile um Felsvorsprünge gebunden. Auch Clariis hält sich trotz ihrer Erfahrung und geschickten Schritte an ihnen fest.

Nach einer halben Stunde erreichen sie eine Kammer mit hoher Decke. An deren Ende schlängelt sich ein Bach leise durch ein Felsbett. Auf dem Weg dorthin bleibt Maleeo stehen und betrachtet die Höhlenmalerei an der linken Wand. Jedes Mal, wenn er hier ist, fasziniert sie ihn aufs Neue. Auch sie leuchtet violett und zeigt geschwungene Linien, die Dünen darstellen könnten. Darauf befinden sich mehrere Ansammlungen von kleinen Rechtecken. Vielleicht Siedlungen, überlegt er. Die Gebilde darüber scheinen Wolken zu sein. Weit rechts ist etwas, das wie eine riesige Wand aussieht. Auf der anderen Seite davon sind mehrere Kreise.

Clariis tritt neben ihn. „Die Menschen der alten Völker waren etwas kreativer als wir, oder?"

„Sieht so aus. Wie auch immer sie dieses Bild gemacht haben. Bestimmt sind sie viel gereist."

„Kann sein. Immerhin kommst du hierhin. Ich war noch nie auf einem Schiff."

„Warum nicht?"

Sie zuckt mit den Schultern. „Wir haben hier alles, was wir zum Leben brauchen.

Außerdem gibt es viel zu tun. Eine Versammlungshalle soll gebaut werden, wir müssen weit gehen für das weiße Gestein." Sie legt ihre Hand an seinen Ellbogen. „Komm, holen wir Wasser, deine Leute möchten bestimmt bald zurück."

Einen Moment blicken sie sich in die Augen, dann gehen sie zum Ende der Kammer. Maleeo kniet sich vor den Bach und öffnet den Verschluss des Schlauches.

Blinzelnd tritt Maleeo aus der Höhle ins Freie. Die Sonne brennt vom Himmel, nur vereinzelte Schleierwolken schwächen ihren Schein etwas ab. Der gefüllte Wasserschlauch hängt schwer an einem Gurt um seine Schulter.

Er geht mit Clariis den Hang hinab zur Siedlung. Hemass und seine Stammsfreunde warten bereits auf dem Platz in der Mitte der Häuseransammlung. Die Körbe sind gefüllt mit Brot, Früchten und essbaren Pflanzen.

„Bis zum nächsten Mal!", sagt Clariis, gibt ihm einen Kuss auf die Wange und läuft davon.

Hemass kommt zu ihm. „Grinsen kannst du auch unterwegs", sagt er, zwinkert ihm zu und dreht sich zu den anderen. „Los geht`s!"

Schwitzend erreichen sie den Fuß des Berges und spüren wieder Sand unter ihren Füßen. Mit Seilen ziehen sie die Körbe und Schläuche aufs Schiff, dann bilden sie wieder einen Kreis darum und vollführen den Schnitt, diesmal am anderen Zeigefinger. Nach einigen Minuten vibriert der Boden. Ein anderer Sandreisender als auf dem Hinweg erscheint, seine dunkelroten Tentakel schlängeln sich um den Rumpf.

Maleeo blickt zum östlichen Horizont und denkt an das Bild in der Höhle. Gibt es irgendwo eine riesige Wand mit einer fremden Welt dahinter?, fragt er sich. Der Wind frischt wieder auf, als er die Strickleiter hinauf klettert.

Hemass korrigiert den Kurs, nachdem er auf den hölzernen Kompass geblickt hat, der vor dem Steuerrad auf einem aus dem Deck ragenden Brett befestigt ist.

„Was weißt du über die Welt im Osten?", fragt Maleeo, der neben ihm steht.

„Nicht viel", antwortet sein Anführer. „Meine Eltern sind vor meiner Geburt viel gereist, zu den grünen Siedlungen im Norden, aber auch nach Osten, bis zur Turmstadt. Haben mir jedoch kaum etwas erzählt."

„Mein Vater hat mal von der Turmstadt gesprochen. Manche der Bauwerke sollen bis in den Himmel reichen. Clariis hat mir in der Wasserhöhle ein leuchtendes Bild gezeigt, darauf sind -"

„Ich weiß", unterbricht Hemass, sieht zu Maleeo und lächelt. „Jeder kennt es."

„Oh … Und gibt es so eine Wand? Vielleicht kommt der Regen von dem Ort, der dahinter liegt?"

„Ich weiß es nicht." Hemass Miene wird ernst. „Die Unwetter werden immer heftiger. Hoffentlich hört es irgendwann auf."

Maleeo und die anderen halten sich an der Reling fest, so stark schwankt das Schiff.

Hemass umklammert das Steuerrad und versucht den Kurs zu halten. Graue, tief hängende Wolken breiten sich über ihnen aus. Wenige Minuten, nachdem die ersten Regentropfen den Boden erreichen, zucken Blitze um sie herum durch die entstandene Dunkelheit. Kurz danach lässt grollender Donner das Schiff vibrieren.

Auch Maleeo sinkt auf die Knie und kauert sich zusammen, als ein lautes Krachen die Luft durchdringt. Er hört Holz splittern und die Schreie seiner Stammsfreunde. Ein kräftiger Mann einige Meter entfernt bricht blutend zusammen und bleibt zuckend liegen, sein Körper von Splittern durchbohrt. Das Heck des Schiffs steht in Flammen, der Regen reicht nicht, es zu löschen. Diejenigen, die es noch können, springen von Bord, während sich das Feuer ausbreitet. Der Sandreisende beschleunigt, als hoffe er, so dem Chaos zu entkommen.

Schwankend steht Maleeo auf und will mit einer Hockwende über die Reling, da schlägt ein weiterer Blitz ins Deck ein. Schmerzen durchzucken seinen Rücken und die Beine, Holzsplitter bohren sich hinein. Er wird durch die Luft gewirbelt und schlägt auf dem nassen Sand auf. Regungslos bleibt er liegen, während sein Körper beginnt, sich taub anzufühlen. Mit zusammengekniffenen Augen sieht er dem brennenden Schiff hinterher, bis sich die Tentakel des Reisenden zurückziehen und es auf der Seite rutschend zum Stehen kommt.

Maleeo beginnt zu weinen, während er spürt, wie sein Blut von der durchtränkten Wüste aufgenommen wird. Seine Sicht verschwimmt. Hat der Regen aufgehört, oder bildet er es sich nur ein?, fragt er sich nach einer Weile. Als er glaubt, unter blauem Himmel zu liegen, vibriert der Boden. Etwas dringt daraus hervor und umgibt ihn, als wolle es ihn beschützen. Er weiß, was es ist, aber ihm fällt in seiner Erschöpfung der Name nicht ein. Seine Gedanken schwimmen davon, er kann sie nicht mehr greifen. Mit geschlossenen Augen ergibt er sich seinem Schicksal.

In der ihn umgebenden Dunkelheit fühlt er sich geborgen. Nichts kann ihm etwas anhaben in dieser Finsternis, in der Raum und Zeit nicht zu existieren scheinen. Dennoch ändert sich etwas. Violett leuchtende Punkte schweben zu ihm.

Langsam beginnt er, seinen Körper wieder zu spüren. Schmerzen breiten sich aus. Blinzelnd öffnet er die Lider und versucht zu erkennen, wo er ist. Immer wieder tränen seine Augen, bis er endlich klar sehen kann.

Er liegt auf einem Felsen, umgeben von Wasser und weiterem Gestein, das daraus hervorragt. Die Lichtpunkte existieren tatsächlich, wie Funken eines Feuers schweben sie durch die Luft der unterirdischen Kammer.

Etwas berührt seinen Rücken. Auf der Seite liegend blickt er über die Schulter. Sandreisende in vielfältigen Farben und Größen schwimmen in dem Gewässer. Mit Tentakeln, die aus den Seiten ihrer schmalen, schlangenähnlichen Körper hervorkommen, ziehen sie sich durch das Nass. Neben dem Felsen ist ein kleinerer Reisender mit dunkelblau schimmernder Haut. Einen seiner Fangarme hat er in die Luft gehoben. Violette Punkte werden davon angezogen und verbleiben an der Spitze. Mit langsamen Bewegungen streicht die Kreatur damit über Maleeos Wunden. Bei den Berührungen zuckt er zusammen, bis nach und nach die Schmerzen nachlassen. Etwas fließt in seinen Körper, eine Energie, die ihm Kraft geben und ihn wieder klarer denken lassen.

Nach einigen Minuten zieht sich der Sandreisende zurück, schwimmt etwas von dem Felsen weg und betrachtet ihn aus kleinen Augen an der Vorderseite seines Körpers. Das schmale Maul darunter öffnet und schließt sich.

Stöhnend setzt sich Maleeo auf und sieht sich erneut um. Neben ihm liegen blutige Holzsplitter, sein Helfer muss sie aus seinem Körper gezogen haben, bevor er aufgewacht ist. In der Decke weit über ihm sind Zugänge zu Höhlen, die durch das Gestein bis zum Sand der Wüste führen müssen. Wasser fließt in Rinnsalen daraus hinab. Aus einer Öffnung schwebt ein Reisender. Seine Tentakel bewegen sich, als würde er sich an der Luft entlanghangeln, bis er ins Wasser gleitet.

In keine Richtung kann Maleeo ein Ende des unterirdischen Reichs erkennen. Die violetten Punkte sind auch unter Wasser, scheinbar endlos treiben sie in die Tiefe. Er winkt der blauen Kreatur zu, die seine Wunden behandelt hat, aber sie reagiert nicht. Nach einer Weile schwimmt sie davon.

Maleeo weiß nicht, wie lange er schon auf dem Felsen sitzt. Er hat die Knie angezogen und den Kopf an sie gelehnt. Erinnerungen an diejenigen, die ihm wichtig sind, kreisen durch seine Gedanken. Bilder von seinen Eltern. Von Hemass und seinen Stammsfreunde. Und von Clariis. Irgendwie muss er zu ihnen zurück, es muss einen Weg geben.

Nachdem er sich aufgerichtet hat, versucht er erneut, durch winken und rufen Kontakt zu den Sandreisenden aufzunehmen. Aber sie beachten ihn nicht, als würde er nicht existieren. Er rückt an den Rand des Gesteins und lässt die Beine ins Wasser baumeln. Als er weiter entfernt den kleinen, blauen Sandreisenden entdeckt, lässt er sich ins Wasser gleiten. Vielleicht schafft er es, zu dem Geschöpf zu kommen.

Sein Gewand zieht sich voll und wird schwer. Während er sich umdreht, um sich festzuhalten, sinkt er bereits unter die Oberfläche. Mit hektischen Bewegungen greift er nach dem Fels, bekommt ihn kurz zu fassen, aber rutscht ab. Weiter wird er nach unten gezogen, bis er endlich eine Stelle findet, an der er sich festhalten kann. Griff um griff schafft er es, sich nach oben zu ziehen. Kurz bevor sein Kopf wieder über Wasser ist, schneidet eine scharfe Kante in seine Handfläche. Er zuckt zusammen und hustet mehrmals. Die Wunde schmerzt, Blut fließt seinen Arm hinab.

Maleeo will rausklettern, da umgreifen ihn Tentakel und heben ihn auf den Fels. Er dreht sich um und erblickt den blauen Sandreisenden, der erneut einen Fangarm nach oben streckt und sich mit den leuchtenden Punkten, die sich an der Spitze gesammelt haben, seiner Wunde nährt. Kurz vor der Berührung zieht Maleeo die Hand zurück.

„Was zieht euch an?", fragt er. „Das Blut? Die Schmerzen der Menschen? Angst?"

Die Kreatur bleibt für einen Moment ruhig und betrachtet ihn, dann nähert sich der Tentakel erneut der Verletzung.

„Ich muss wieder an die Oberfläche, zu meinen Freunden!" Maleeo entzieht sich erneut dem Kontakt und deutet mit der blutenden Hand zur Decke. „Nach oben. Verstehst du

mich?"

Als er schon nicht mehr mit einer Reaktion rechnet, streckt der Sandreisende den

vorderen Teil seines Körpers aus dem Wasser und blickt hinauf. Dann gibt er ein

Brummen von sich und sinkt wieder hinab. Diesmal lässt Maleeo zu, dass seine Wunde

behandelt wird. Nachdem sich darüber eine Kruste gebildet hat, zeigt er erneut zu den

Öffnungen. Die Kreatur erhebt sich daraufhin aus dem Wasser und umschließt ihn mit den

Fangarmen.

Ob ihnen die violetten Punkte die Kraft geben?, fragt sich Maleeo. Zu schweben, durch

den Sand zu reisen und Schiffe zu ziehen? Entstehen aus ihnen die in der Dunkelheit

leuchtenden Steine?

Sie nähern sich der Decke und gelangen in einen der Höhlenzugänge. Immer weiter

schweben sie durch die felsigen Schächte, bis sie vor einer Wand aus Sand halten. Die

Tentakel legen sich enger um Maleeo und verhüllen ihn, bevor der Reisende mit seinem

schlangenähnlichen Körper durch den Wüstensand nach oben gleitet.

Der Sandreisende verschwindet wieder in der Tiefe. Maleeo klopft sich den Sand aus den

Haaren, von Gesicht und Gewand. Dann blickt er sich in der Dämmerung um. Etwa zwei

Kilometer entfernt ragt das Caluuah-Gebirge in die Höhe. Zum ersten Mal sieht er es in

der beginnenden Dunkelheit. Wie ein stummer Wächter thront es über der Wüste.

Warum hat ihn der Reisende gerade hierhin gebracht? Wo sind Hemass und die

anderen? Haben sie es geschafft, in der Tageshitze zurück zur Siedlung zu kommen?

Er macht sich auf zu den Bergen, spürt die abkühlende Wüste unter den Füßen. Nach

einigen Minuten nähert er sich einem Leuchten. Violettes Licht dringt unter dem Sand

hervor. Er gräbt mit beiden Händen und findet einen Stein, wie ihn Clariis um den Hals trägt. Wie wenig er über seine Welt weiß, denkt er, als er das Artefakt auf seine Handfläche legt und in seinem Schein weitergeht.

Immer wieder hört er Geräusche um sich herum, als er den steinernen Pfad erreicht. Das Tageslicht ist fast verschwunden, die nachtaktiven Wüstenbewohner graben sich an die Oberfläche. Einen Moment hält er inne und atmet tief durch, spürt die kühle Luft in der Lunge. Dann beginnt er den Aufstieg, zum zweiten Mal an diesem Tag.

Mit vorsichtigen Schritten folgt er dem Pfad, den leuchtenden Stein vor sich haltend. Als die Nacht endgültig begonnen hat, bleibt er stehen und blickt den Abhang hinab. Unter ihm ruht das Wüstenmeer, als würde es schlafen und auf den nächsten Tag warten. Irgendwo hinter dem Horizont liegt seine Siedlung, selbst am Tag ist sie von hier aus nicht zu sehen. Seine Eltern werden sich fragen, ob er noch lebt. Ich komme zu euch zurück, verspricht er in Gedanken und geht weiter.

Mit schmerzenden Beinen erreicht er die Höhle, die zu dem Tal auf der anderen Seite führt. Hinter einer Biegung sieht er violettes Licht und trifft dort auf den Anführer von Clariis Stamm und ungefähr dreißig weitere. Die meisten haben die Augen geschlossen und schlafen sitzend mit dem Rücken an die felsige Wand gelehnt.

Maleeo blickt von einem zum anderen. „Wo … wo ist Caliis?", fragt er.

Der Anführer steht auf und umarmt ihn kurz. „Maleeo! Wie bist du hierhin gekommen?"

„Unser Schiff wurde vom Unwetter zerstört. Ein Sandreisender hat mir geholfen. Ich war in ihrer Welt, weit unter der Wüste. Wo ist -"

„Das Wasser im Tal ist noch nicht lange abgeflossen, wir werden erst morgen früh im Hellen runtergehen. Einige haben das Gewitter nicht überlebt." Seine Augen werden glasig. „Es geschah so schnell … Clariis war mit anderen in den Höhlen, um Wasser für uns zu holen."

„Was? Ich muss ihr helfen!" Er will loslaufen, aber der Anführer hält ihn am Ellbogen.

„Nein! Es wird dauern, bis die Höhlen wieder frei sind. Du kannst ihr nicht helfen, wenn du vorher ertrinkst!"

„Aber -" Kurz versucht er sich loszureißen, aber der Griff des Mannes ist zu stark. Erschöpft gibt er den Widerstand auf und lässt sich auf den Boden sinken.

„Hab Geduld", sagt der Anführer, setzt sich ebenfalls und reicht ihm eine Frucht aus dem Korb neben sich. „Nur so haben wir eine Chance."

***

Er spürt den Druck des Wassers. Die Strömung zieht ihn mit sich. Mit hektischen Bewegungen kämpft er sich an die Oberfläche und holt nach einem Hustenanfall tief Luft. Ein Rauschen dringt zu ihm, stetig wird es lauter. Maleeo blickt in diese Richtung und sieht am Ende der dunklen Höhle violettes Leuchten. Es scheint von weiter unten zu kommen.

Als ihm klar wird, worauf er sich zubewegt, versucht er sich am felsigen Rand festzuhalten. Aber es ist zu spät, er stürzt den Wasserfall hinab in die Tiefe. Die Luft zischt an seinen Ohren vorbei, bis er wieder unter Wasser taucht.

Erneut schafft er es, nach oben zu kommen. Die Strömung zieht ihn zu einem Ufer aus Sand. Erschöpft kriecht er an Land, spuckt Wasser aus und sieht sich um. Einige Meter entfernt liegt jemand auf dem Rücken. Schwankend steht er auf und geht dorthin.

„Clariis!", ruft er, als er sie erkennt. An ihrem Hals leuchtet der violette Stein. Ihre Haut hat sich bläulich verfärbt. Nach einigen Sekunden öffnet sie die Augen.

„Warum rettest du mich nicht?", fragt sie mit heiserer Stimme.

„Deswegen bin ich hier. Komm!" Er streckt ihr eine Hand entgegen.

„Du musst dich beeilen!"

„Ja, aber nur mit dir zusammen. Steh auf, wir finden einen Weg zur-"

Erschrocken verstummt er und weicht zurück, als ihre Haut zu zerfließen beginnt. Nach wenigen Sekunden ist nur noch das Skelett übrig.

„Nein!", schreit Maleeo und sinkt auf die Knie.

***

Schwitzend schreckt er hoch und blickt sich um. Alle um ihn herum scheinen zu schlafen. Manche mit dem Rücken an die Felswand gelehnt, andere haben sich auf die Seite gelegt. Nur eine ältere Frau ihm gegenüber sitzt aufrecht und sieht ihn an.

„Geh und finde Clariis", sagt sie leise.

Maleeo wischt sich über die Stirn. „Woher weißt du, woran ich gedacht habe?"

Sie deutet auf den leuchtenden Stein neben ihm. „Noch ist nicht alle Magie aus unserer Welt verschwunden. Du solltest lernen, sie zu nutzen."

Er nimmt das Artefakt, das er in der Wüste gefunden hat und steht auf. „Konntest du meine Gedanken spüren?"

„Sei vorsichtig", antwortet die Frau. „Wenn dir etwas passiert, ist sie verloren."

Erneut möchte er seine Frage stellen, aber die Fremde schließt die Augen und lehnt sich zurück.

„Geh!", flüstert sie kaum hörbar.

Maleeo macht sich auf den Weg.

Er erreicht den Höhlenausgang und blickt auf das Tal. Das vom Halbmond reflektierte Licht taucht es in einen silbrigen Schein. In manchen Steinhäusern und dazwischen leuchten violette Steine und enthüllen leblose Körper. Für eine Weile stützt sich Maleeo an der felsigen Wand neben ihm ab, dann beginnt er den Abstieg.

Als er sich den ersten Häusern nähert, wendet er sich nach links und geht außen an der Siedlung vorbei, um nicht den Anblick der Leichen ertragen zu müssen. Auf der anderen Seite betritt er das Wäldchen. Jedes Mal zuckt er zusammen, wenn es um ihn herum raschelt, oder er aus dem Augenwinkel eine Bewegung bemerkt. Bis er schließlich aus dem Unterholz hervortritt, die Anhöhe dahinter erklimmt und den leuchtenden Stein vor sich haltend die Höhle betritt.

Er versucht sich an den Weg zu erinnern, den Clariis zu dem unterirdischen Fluss genommen hat, aber schon nach wenigen Abzweigungen weiß er nicht mehr, in welche Richtung er gehen muss. Dennoch wagt er sich weiter vor und lauscht auf das Geräusch von fließendem Wasser, hört jedoch nur seine eigenen Schritte, die von den Wänden widerhallen. Immer weiter verliert er sich in den Gängen, bis er endlich einen findet, der bergab führt. Nur kurz kann er ihm folgen, da er hinter einer Biegung in einer Sackgasse endet.

Mit zitternden Beinen lässt er sich auf den Boden sinken. Was würde Hemass in dieser Situation machen?, fragt er sich. Sein Stammsanführer, der sich von nichts unterkriegen lässt, der immer eine Idee hat. Dann erinnert er sich an die Worte der älteren Frau aus Clariis Stamm. *Noch ist nicht alle Magie aus unserer Welt verschwunden. Du solltest lernen, sie zu nutzen.*

Er umgreift den violetten Stein mit beiden Händen und denkt mit geschlossenen Augen an Clariis. An ihr Lächeln, ihre fröhliche und neugierige Art. In seinen Gedanken sieht er ihr Gesicht. Eine Weile beruhigt es ihn, aber dann zuckt er zusammen, als ihre Haut verläuft, wie in seinem Traum. *Beeil dich!*, hallt ihre Stimme zu ihm. Erschrocken öffnet er die Lider. Einige Meter entfernt schimmert etwas. Maleeo steht auf. Sein Herzschlag pocht in den Ohren, den Schläfen, als er erkennt, was es ist. Violette Fußabdrücke leuchten auf dem felsigen Boden.

Immer tiefer in den Berg hinein folgt er den Spuren, bis er an einer abfallenden Stelle auf Wasser trifft. *Wie stark muss der Regen gewesen sein, wenn er noch immer nicht abgeflossen ist?*, überlegt Maleeo. Die Fußabdrücke führen hierhin, also muss er weiter. Mit der rechten Hand umschließt er den Licht gebenden Stein und denkt an Clariis. „Führ mich zu dir", flüstert er wiederholend. Nach einigen Sekunden breitet sich ein Kribbeln über seinen Arm aus, als würde sie ihm auf diese Weise ein Zeichen geben.

„Okay", sagt er, atmet tief durch und geht ins Wasser.

Nach einigen Schritten taucht er unter und zieht sich mit der linken Hand an Vorsprüngen der Felswand entlang. Als er darüber nachdenkt, doch wieder umzukehren, wird die Decke über ihm höher und er kann mit dem Kopf über die Oberfläche. Luft holend bewegt er sich in dem schmalen Gang weiter voran, bis sich dieser bergab neigt und er wieder tauchen müsste. Erneut denkt er an Clariis und wagt sich weiter vor.

Auch nach einigen Metern kann er vor sich im Schein seines Artefakts keine Stelle erkennen, an der auftauchen könnte. *Ich schaffe es nicht*, denkt er und dreht sich, um zurückzukehren. Da greift etwas nach ihm, obwohl er nichts in seiner Nähe sieht. Als würden unsichtbare Hände seinen Oberkörper fassen. Er wird mitgezogen und hätte dabei fast seinen Stein verloren. Immer schneller geht es hinab. *Hab Vertrauen*, hört er Clariis Stimme in seinen Gedanken.

Als er glaubt, ohnmächtig zu werden, fällt er in die Tiefe und taucht erneut unter Wasser.

Mit letzter Energie kämpft er sich an die Oberfläche und blickt sich um. Anscheinend ist er in einem See in einer großen Felskammer. Hinter ihm rauscht ein Wasserfall aus der Höhle, durch die er hierhin gekommen ist.

Unbeholfen zieht er sich zum Ufer..Es ist nicht aus Sand, wie in seinem Traum, sondern ein Felsboden. Er klettert an Land und spuckt Wasser aus. Einige Meter entfernt schimmert schwaches violettes Licht aus der Dunkelheit hervor. Maleeo steht auf und geht in diese Richtung. Jemand liegt dort, umhüllt von einer weißen Schicht. Als wäre die Person von etwas eingesponnen worden. Auch um ihn herum befinden sich verhüllte Körper, von Wüstenmäusen, Schlangen und anderen kleinen Tieren. Ein Schachern dringt von weiter entfernt aus der Finsternis zu ihm, als würde etwas über den harten Boden kratzen.

Maleeo kniet sich vor die bewegungslose Person. Die weiße Hülle besteht aus dünnen Fäden. Vorsichtig berührt er sie und versucht das Gesicht freizulegen. Aber sobald er sie etwas nach unten gezogen hat, schließen sie sich wieder, geben ihre Beute nicht frei. Mit glasigen Augen setzt er sich hin. Auch durch die wenige freigelegte Haut hat er Clariis erkannt. Der Stein an ihrem Hals schimmert durch die Umhüllung. Konnte er mit ihr durch die Kraft seines und ihres Artefakts kommunizieren?

Er betrachtet das in seiner Hand, wendet es hin und her. An einer Stelle hat es eine scharfe Kannte. Vorsichtig versucht er, damit die Fäden um Clariis zu durchtrennen. Sie ziehen sich vor dem Stein zurück, als hätten sie Angst davor. Mit etwas Druck macht er den ersten Schnitt. Die Umhüllung erzittert, aber es funktioniert, mit bedachten Bewegungen zerschneidet er Clariis Gefängnis. Nur einmal hält er inne, als er erneut das Schachern hört, diesmal näher. Nachdem er eine Seite vollständig geöffnet hat, zieht er die Hülle beiseite und betrachtet ihren regungslosen Körper.

„Clariis?", sagt er und berührt ihre Wange.

Sie reagiert nicht, ihr Geist scheint sich an einen fremden Ort zurückgezogen zu haben.

Als er sie mit seinen Gedanken nicht erreichen kann, berührt er den violetten Stein um Clariis Hals mit seinem. Einige Sekunden passiert nichts, dann blitzt es hell auf und er …

***

... befindet sich in der Wüste. Hinter den Dünen am Horizont geht die Sonne auf. Einige Meter entfernt steht ein Haus aus weißem Gestein, inmitten der endlosen, sandigen Fläche.

Maleeo geht zu der Unterkunft und sieht durch ein Fenster. Jemand sitzt darin auf dem Boden mit dem Rücken zu ihm und blickt durch die offen stehende Tür gegenüber. Er erkennt Clariis an ihren braunen, zum Zopf geflochtenen Haaren.

Als er an die Scheibe klopfen will, zieht er seine Hand wieder zurück, um sie nicht zu erschrecken und geht stattdessen um das Haus zum Eingang.

„Komm rein!", sagt sie lächelnd, als er in der Tür steht. „Ich liebe es seit meiner Kindheit, den Beginn eines Tages zu erleben. Setz dich zu mir."

„Warum bist … Warum sind wir hier?", fragt Maleeo und lässt sich neben ihr auf den Boden sinken.

„Hier ist es sicher, hoffe ich."

„Aber wir sind nicht hier, sondern in einer Höhle. Du hast mich dorthin geführt."

Sie sieht ihm in die Augen. „Mein violetter Stein wurde warm. Ich habe deine Gedanken gespürt, deine Sorge um mich. Ich wollte dir den Weg zeigen, dich zu mir holen."

„Es ist dir gelungen", antwortet er und betrachtet die Welt hinter der Tür. „Wir müssen da weg, etwas nähert sich."

Kurz vibriert der Boden, dann entsteht weiter entfernt ein Sandhügel. Etwas nähert sich aus der Tiefe der Oberfläche und kommt auf das Haus zu.

„Vielleicht ist es ein Sandreisender, der uns helfen will", meint Clariis.

„Nein. Es ist das Wesen, das dich gefangen hat."

„Mich gefangen ...", flüstert sie gedankenverloren. „Ich war wie erstarrt ... Eine Kreatur wie aus einem Albtraum näherte sich und hat mich mit etwas verhüllt."

Maleeo steht auf und hilft Clariis hoch. „Wie kommen wir zurück?", fragt er.

Der Hügel ist nicht mehr weit entfernt. Für einen Moment taucht etwas Schwarzes daraus hervor, das ihn an die Scheren eines Skorpions erinnert.

„Ich weiß nicht, ich habe meine Augen geschlossen und bin an diesen Ort geflohen."

„Dann bring uns zurück!"

„Aber ich weiß nicht wie!" Tränen schimmern in ihren Augen. „Wie bist du zu mir gekommen?"

„Der Stein!", ruft Maleeo und führt den in seiner Hand an den um Clariis Hals hängenden.

Wieder blitzt es hell auf und sie ...

***

… sind wieder in der Finsternis, die um sie herum vom Leuchten ihrer Artefakte verdrängt wird. Nicht weit entfernt schachert etwas über den Felsboden, dann durchdringt ein hohes Fiepen die Kammer. Maleeo und Clarris zucken zusammen, stehen schwankend auf und blicken sich um. Wieder hören sie das Schachern, dann krabbelt etwas einige Meter entfernt in den violetten Schein.

„Aus welcher Hölle ...", sagt Maleeo mit zitternder Stimme.

Die schwarze Kreatur gibt einen weiteren durchdringenden Schrei von sich. Sie erinnert ihn an einen Skorpion, auch wenn sie fast einen Meter groß ist und nur vier Beine hat.

Vorne klappern zwei Scherenpaare aufeinander, während eine der in Krallen endenden Extremitäten über den Boden schabt. Weiße Fäden hängen aus kleinen Öffnungen an beiden Seiten des Rumpfes herab.

„Weg hier!", ruft Clariis.

Nachdem sie einige Schritte rückwärts gegangen sind, drehen sie sich um und laufen davon.

„Wohin?", fragt Maleeo.

„Weiß nicht", antwortet sie schnell atmend. „Irgendwo muss es einen Ausgang geben, sonst lägen hier keine Tierleichen."

Sie kommen an eine Felswand und folgen ihr nach links, bis sie den Zugang zu einer Höhle erreichen. Clariis will hinein laufen, aber Maleeo hält sie am Ellbogen.

„Die ist zu groß, dieser Albtraum würde uns folgen."

Als er weiter will, bemerkt er etwas über sich. Mit fließenden Bewegungen kommt die Kreatur an der Wand auf ihn zu. Wie erstarrt bleibt er stehen.

„Weiter!" Clariis zieht ihn mit sich.

Das Wesen kreischt so laut, dass Maleeo glaubt, sein Verstand würde zerspringen. Dann schreit er selbst auf, als eine der Scheren seine Schulter streift und einen blutigen Kratzer hinterlässt. Mit aller Kraft, die er aufbringen kann, rennt er schneller und folgt Clariis in eine schmale Öffnung der Felswand. So schnell es geht tasten sie sich voran. Hinter ihnen greift die Kreatur mit den Scheren in den Spalt, aber er ist zu schmal, um ihnen zu folgen. Mit wütendem Fiepen versucht sie dennoch, sich hineinzuzwängen.

Nach einigen Metern wird der Gang so eng, dass Maleeo und Clariis nur seitwärts weiterkommen, bis er wieder breiter wird und leicht bergauf führt. Erst als sie überzeugt sind, in Sicherheit zu sein, lassen sie sich schwitzend und erschöpft auf den Boden sinken.

Sie sitzen sich in der Höhle gegenüber. Maleeo tastet seine Schulter ab und zuckt

zusammen, als er die noch blutende Wunde berührt.

Clariis steht auf, kniet sich neben ihn und betrachtet die Verletzung. „Sieht nicht tief

aus, aber die Wunde muss gereinigt werden. Kannst du weiter?"

„Denke schon." Er lässt sich von ihr aufhelfen. „Dein Stammsanführer sagte, du wärst

nicht alleine in den Berg gegangen."

„Wir waren zu fünft. Das Wasser kam so plötzlich, dass wir mitgerissen wurden. An

einer Verzweigung konnte ich mich an einem Felsvorsprung festhalten und wurde dann in

einen anderen Gang gedrückt. Hoffentlich haben sie einen sicheren Ort gefunden."

Eine Weile gehen sie schweigend und lauschen auf Geräusche der skorpionähnlichen

Kreatur, aber sie hören nur ihre eigenen Schritte. An den Stellen, an denen die Höhle in

mehrere Richtungen verzweigt, wählen sie jeweils den Weg, der am steilsten bergauf

führt. Bis sie eine Kammer erreichen, in deren Mitte sich ein kleiner See befindet.

„Sieh mal!", sagt Clariis und zeigt nach oben.

An der Decke ist eine violett leuchtende Höhlenmalerei, ähnlich der, die sie bereits

kennen, nur dass bei dieser die Wolken direkt über der Wand schweben. Das Licht des

Kunstwerks spiegelt sich auf der Wasseroberfläche. Aus kleinen Öffnungen darum tropft

Wasser herab.

„Vielleicht sollten wir nach Osten reisen und sehen, ob es diese Wand wirklich gibt."

Maleeo setzt sich ans Ufer.

„Und wenn wir sie finden?" Clariis kommt zu ihm, lässt sich auf den Felsboden sinken

und trinkt einige Schlucke.

„Weiß nicht. Vielleicht ist dort etwas passiert, was den vielen Regen und die Unwetter

erklärt. Vielleicht wussten die Menschen der alten Völker um eine drohende Gefahr und haben deswegen die Bilder in den Höhlen hinterlassen." Auch er beugt sich vor, um seinen Durst zu stillen.

„Aber dann würdest du deine Eltern zurücklassen. Sie werden sich Sorgen machen, wo du bist. Ob du noch lebst."

Maleeo blickt zu der Malerei hinauf. „Ja, aber wenn ich zurückkehre, werde ich wahrscheinlich nie etwas von der Welt sehen. Mein Vater erwartet, dass ich jeden Tag von morgens bis abends bei etwas helfe, um unsere Siedlung zu erhalten. Und Mutter ist immer so besorgt, dass sie mich kaum aus den Augen lässt."

„Aber sie lieben dich, akzeptiere sie so, wie sie sind. Ich habe nur wenige Erinnerungen an meine Eltern, aber sie haben mich behütet wie einen Schatz."

„Tut mir leid", sagt Maleeo leise. „Daran hatte ich nicht gedacht. Wie alt warst du, als sie ..."

„Sechs. Unsere Siedlung wurde von einem Stamm aus dem Norden überfallen. Als wir uns wehrten, kannten sie keine Gnade."

Eine Weile schweigen sie und trinken erneut.

„Danke, dass du mich gefunden hast!" Clariis gibt ihm einen Kuss auf die Wange. „Jetzt dreh dich um, ich reinige deine Wunde. Und dann finden wir endlich einen Weg hier raus!"

Auf der anderen Seite des Sees betreten sie eine Höhle und folgen weiter den aufwärts führenden Gängen, bis sie endlich Tageslicht sehen. Erschöpft gehen sie darauf zu und zwängen sich durch einen schmalen Spalt ins Freie.

„Endlich!", sagt Maleeo, als sie die andere Seite erreicht haben.

„Ja, geschafft!" Clariis atmet mehrmals tief durch

Sie umarmen sich und wenden sich dann der aufgehenden Sonne zu.

„Wir müssten am östlichen Rand des Caluuah-Gebirges sein", meint Clariis.

„Wie weit ist es bis zu deinem Stamm?"

„Vielleicht drei oder vier Kilometer. Aber wir können auch weiter nach Osten, dort liegt nicht weit entfernt eine andere Siedlung."

Maleeo sieht sie an. „Möchtest du nicht zurück?"

„Weiß nicht", antwortet sie schulterzuckend. „Wahrscheinlich denke ich genau wie du. Sobald ich wieder zu Hause bin, bleibe ich dort und erlebe nie etwas."

Mehrmals blickt Maleeo zwischen Clariis und der Sonne am Horizont hin und her.

„Also dann, nach Osten?"

„Ja!" Lächelnd nimmt sie seine Hand, gemeinsam machen sie sich auf den Weg.

Hinter einer Düne kommt die Siedlung in Sicht. Von den hochgewachsenen Kakteen, die sie umgeben, sind die meisten bräunlich verfärbt und umgefallen. Einige der Holzhäuser am östlichen Rand sind abgebrannt. Dahinter stehen drei Schiffe. Ein größeres ähnlich dem von Hemass und zwei kleinere für höchstens vier bis fünf Personen. Eins davon ist zur Seite gekippt.

„Bei den alten Völkern!", sagt Clariis.

Nachdem sie die Schäden des Unwetters eine Weile betrachtet haben, gehen sie weiter und erreichen nach einigen Minuten die ersten Häuser.

„Clariis!", ruft eine Frau mit kurzen blonden Haaren aus einer offenen stehenden Tür.

„Hey, Jinaih!"

Sie eilen aufeinander zu und umarmen sich.

„Das ist Maleeo", sagt Clariis, nachdem sie sich voneinander gelöst haben.

„Freut mich!" Die Frau nickt ihm zu. „Was treibt euch hierher?"

„Ist eine lange Geschichte", antwortet Clariis. „Ich wurde vom Wasser mitgerissen, bis tief unter die Erde. Etwas hat mich gefangen, es sah aus wie … wie ...“ Sie blickt zu Maleeo, dann beginnen ihre Beine zu zittern und sie hält sich an Jinaih fest. „Wie aus der Hölle“, schluchzt sie. Tränen laufen ihre Wangen hinab.

„Hey, alles in Ordnung!. Hier passiert dir nichts.“ Jinaih nimmt sie in den Arm. „Du meinst einen *Mentaag*. Meistens bleiben sie in der Nähe ihrer Höhlen am Rand des Gebirges, aber manchmal nähern sie sich unserer Siedlung. Wenn sie hungrig sind und nicht genügend Nahrung finden.“

Nach einer Weile wischt sich Clariis über die Augen. „Greifen sich euch an?“

„Wir halten jede Nacht Wache und entzünden ein Feuer, wenn sich eine dieser Kreaturen nähert. Hat sie bisher immer in die Flucht geschlagen, sie mögen anscheinend kein Licht. Kommt, ihr müsst euch ausruhen.“

„Was ist hier passiert?“, fragt Maleeo, während sie zu Jinaihs Haus gehen.

„Ich habe noch nie so ein Unwetter wie gestern erlebt. Selbst für die Kakteen war es zu viel. Dann sind Blitze in einige Häuser eingeschlagen. Wie durch ein Wunder haben alle überlebt.“

Clariis blickt zu Maleeo, als sie hineingehen.

Für einen Moment sieht er auf den Boden, dann in ihre Augen. „Nicht alle deines Stamms haben es geschafft.“

„Was? Nein, das kann nicht ...“ Wieder beginnt sie zu weinen.

„Komm“, sagt Jinaih und führt sie zu ihrem Bett im hinteren Bereich des Raums. „Ich bringe dir was zu essen, dann versuch zu schlafen. Bestimmt sieht die Welt danach schon wieder besser aus.“

Clariis nickt, legt sich hin und schließt die Augen.

Maleeo und Jinaih sitzen im Schatten neben dem Hauseingang. Zwischen ihnen steht ein tönerner Krug mit Wasser, daneben eine Schale mit Brot und Früchten.

„Wo kommst du her?", fragt Jinaih.

„Aus einer Siedlung im Süden, mein Stammesführer heißt Hemass."

„Den Namen habe ich zumindest schon mal gehört." Sie trinkt aus dem Gefäß und reicht es ihm dann.

„Danke." Auch er nimmt einen Schluck und stellt den Krug wieder ab. „Wir sind zum Caluuah-Gebirge, um Nahrung zu holen. Das Unwetter erreichte uns auf dem Rückweg und zerstörte unser Schiff. Ich wurde verletzt, mein Blut lief in den Sand."

Jinaih hält sich eine Hand vor den Mund.

„Es hat einen Sandreisenden angelockt. Er nahm mich mit in seine Welt unter der Erde und versorgte meine Wunden."

„Ist nicht wahr!", meint Jinaih mit aufgerissenen Augen. „Was ist dort unten?"

Maleeo überlegt einen Moment. „Es ist wie ein Meer in der Tiefe, nur besteht es nicht aus Sand, sondern aus Wasser. Überall schwirren violette Punkte herum. Die Reisenden schwimmen im Wasser und können sogar durch die Luft schweben."

„Wahnsinn!", antwortet sie. „Vielleicht finde ich irgendwann selbst einen Weg, es zu erleben."

Er will etwas antworten, aber dann gähnt er und wischt sich über die Augen.

„Auch du hast viel erlebt und solltest dich ausruhen." Sie schiebt die Schale und den Krug zu ihm. „Iss und trink noch etwas. Ich breite drinnen eine Decke für dich aus."

***

Noch nie hat er die Wüste so eben und konturlos gesehen. Als gäbe es keinen Wind, der

ihrer Oberfläche ein Gesicht gibt. Weit entfernt steht jemand. In Gedanken hört er Clariis

Stimme.

„Etwas wird passieren", sagt sie.

Vom Horizont hinter ihr ziehen dunkle Wolken heran.

„Was meinst du? Ein Unwetter?", antwortet er und macht sich auf den Weg zu ihr.

„Überall lauern Gefahren. Vielleicht sollten wir umkehren?" Sie kommt ihm entgegen.

„Die größte Gefahr sind die Gewitter. Wenn sie noch stärker werden, zerstören sie

unsere Welt."

„Oder etwas anderes aus unserer Welt tötet uns vorher."

Der Sand hinter ihr vibriert. Schwarze Scheren dringen daraus hervor. Mit schnellen

Bewegungen gräbt sich der Mentaag an die Oberfläche.

„Pass aus!", schreit Maleeo.

Clariis dreht sich um. Die Scheren umgreifen ihre Hüfte und drücken zu. Blut strömt

hervor.

„Nein!" Maleo läuft zu ihr. Nach einigen Metern gibt der Boden unter ihm nach und

er verschwindet in der Finsternis.

***

Schwitzend schreckt er hoch und sieht sich um. Das vom Mond reflektierte Licht scheint

durch ein Fenster und lässt ihn Jinaihs Zuhause erkennen. Sie schläft am anderen Ende

des Raums, genauso wie er auf einer Decke. Ihr Bett, in dem Clariis gelegen hat, ist leer.

Er trinkt aus dem Krug, den Jinaih neben sein Bett gestellt hat. Als er aufsteht und ihm schwindelig wird, stützt er sich an der Wand ab, bis es besser wird. Dann geht er zum Ausgang und nimmt seinen violetten Stein aus der daneben stehenden Truhe, in die Jinaih ihn gelegt hat. Leise drückt er die hölzerne Klinke runter, zieht die Tür auf und tritt in die kühle Nacht.

Nachdem er wieder zugezogen hat, betrachtet er die Umgebung. In den Häusern ist es dunkel. Der Halbmond schwebt über ihm am Himmel. Hat er tatsächlich so lange geschlafen, den ganzen Tag bis in die Nacht hinein? Wo ist Clariis?

Leise geht er zum östlichen Rand der Siedlung und erreicht die abgebrannten Holzunterkünfte. Clariis Worte aus seinem Traum kommen ihm in den Sinn. *Überall lauern Gefahren. Vielleicht sollten wir umkehren?* Aber woher soll er wissen, wo es gefährlicher ist? Hier, im Caluuah-Gebirge oder in seiner Siedlung? Sind sie vielleicht sogar sicherer, wenn sie nach Osten reisen und in Bewegung bleiben?

Als er den Weg fortsetzt und sich den drei Schiffen nähert, sieht er jemanden mit offenen, langen Haaren vor dem sitzen, das zur Seite gefallen ist. „Clariis?", fragt er.

Sie blickt über ihre Schulter und lächelt kurz. „Setz dich zu mir!"

Er geht neben sie und lässt sich in den Sand sinken.

„Dachte schon, du wachst gar nicht mehr auf", sagt sie und streicht sich die Haare zurück.

„Hatte wohl einiges nachzuholen."

„Ja, ich auch. Nach dem Tod meiner Eltern dachte ich: Falls ich damit klarkomme, kann mir nichts etwas anhaben..Aber woher soll ich das wissen? Ich habe mein ganzes Leben in der Bergsiedlung verbracht, beschützt von meinem Stamm. Was weiß ich schon von unserer Welt?"

Maleeo blickt zum mit Sternen bedeckten Himmel. Manche davon flackern. „Im Moment macht mir die Ruhe am meisten Angst. Als hätte es kein Unwetter gegeben."

Auch Clariis sieht hinauf. „Irgendwann kommt das nächste."

„Vielleicht brechen wir besser sofort auf, bevor wir es uns anders überlegen."

„Ich habe den Punkt überschritten, an dem es für mich ein Zurück gibt. Auf dem Weg hierhin habe ich ein größeres Haus gesehen, in dem Lebensmittel gelagert werden." Sie steht auf und bindet sich die Haare mit einem Band aus ihrer Hosentasche zusammen.

„Die werden hier auch mit etwas weniger zurechtkommen, außerdem bekommen sie irgendwann Nachschub. Komm!"

Maleeo drückt sich hoch und folgt ihr.

Als sie zurückkommen, klettert er die Strickleiter hinauf auf das kleine, noch aufrecht stehende Schiff. Er beugt sich über die Reling und greift den Korb, den ihm Clariis mit ausgestreckten Armen entgegenhält. Dann nimmt er ihr die beiden gefüllten Wasserschläuche ab und verstaut die Sachen in dem kleinen Laderaum unter Deck.

Nachdem Clariis an Bord gekommen ist, begibt sich Maleeo wieder hinunter und zieht sein Messer aus dem Gürtel. Die Wunden an den Zeigefingern sind verheilt, anscheinend hat sich der blaue Sandreisende auch darum gekümmert. Dennoch schneidet er sich diesmal in den Daumen und lässt das Blut hinabtropfen. Als es weniger wird, geht er einige Schritte zurück und wartet.

„Vielleicht war es zu wenig?", meint Clariis.

„Oder wir versuchen es zusammen."

Sie nähert sich der Strickleiter, da vibriert der Boden. Kurz danach schlängeln sich Tentakel hervor und legen sich um den Rumpf.

Maleeo steckt das Messer weg, nimmt den Stein aus der Tasche seines Gewands und lächelt, als er in seinem Schein blaue, kürzere Fangarme erkennt. Ob es tatsächlich der selbe Reisende ist, der ihn gerettet hat? Besteht eine Verbindung zwischen ihnen?

Er klettert wieder an Bord und geht ans Steuerrad auf dem erhöhten Heck. Genau wie auf Hemass Schiff ist davor ein Kompass auf einem aus dem Boden ragenden Brett befestigt.

„Los!", ruft Maleeo. Als nichts passiert, umgreift er das violette Artefakt fester und wiederholt es mit lauter Stimme.

Langsam setzt sich der Sandreisende in Bewegung und zieht das hölzerne Gefährt mit sich. Maleeo genießt den kühlenden Wind, während sie beschleunigen. Dann hört er etwas und bekommt Gänsehaut. Das Fiepen eines Mentaag dringt zu ihnen. Er blickt über die Schulter, auf der anderen Seite der Siedlung wird ein Feuer entfacht.

Clariis setzt sich auf den Boden und lehnt sich an die Reling.

„Keine Sorge!", sagt Maleeo. „Wir lassen diesen Albtraum zurück."

Im Licht seines Steins betrachtet er den Kompass und korrigiert mit der freien Hand den Kurs. Unter dem Halbmond gleiten sie durch den Sand nach Osten.

„Sieh mal!", ruft Clariis.

Ihre Stimme dringt erst zu ihm durch, als sie es lauter wiederholt. Er öffnet die Augen, steht gähnend auf und blickt sich um. Am Horizont schimmert die aufgehende Sonne. Clariis steht am Steuerrad und deutet nach vorne. Etwa einen Kilometer entfernt ragt ein ovales Felsgebilde in die Höhe.

„Lass uns dorthin und im Schatten eine Pause machen", sagt Maleeo. „Danach übernehme ich wieder das Steuer."

„Okay. Das könnte der Friedhofsfelsen der alten Völker sein." Sie lenkt das Schiff in diese Richtung. „Mein Stammesführer erzählte mal davon."

„Und?", fragt Maleeo, als sie nicht weiterspricht.

„Unsere Vorfahren glaubten, dass sich die Geister der Verstorbenen rächen, wenn sie zu

Lebzeiten nicht gut behandelt wurden. Also haben sie einen weit von den Siedlungen entfernten Ort als Grabstätte gewählt."

Schweigend nähern sie sich dem Fels. Als sie westlich davon in den Schatten eintauchen, greift Maleeo den Stein in der Tasche seines Gewands und ruft: „Halt!" Der Sandreisende wird langsamer, bis sie zum Stehen kommen. Nach einem tiefen Brummen verschwinden seine Tentakel in der Tiefe.

„Auch er hat eine Pause verdient", meint Clariis und öffnet die Luke zum Laderaum, um Nahrung und Wasser an Deck zu holen.

„Hauptsache er kommt wieder!", antwortet er, geht zur Strickleiter und lässt sie herunter.

Nachdem sie gegessen und getrunken haben, klettern sie vom Schiff und gehen an dem fast hundert Meter in die Höhe ragenden Fels entlang.

„Das Gestein ist seltsam glatt", sagt Maleeo und streicht mit den Fingern darüber.

„Vielleicht wurde es von Wind und Sand abgeschliffen. Da vorne, sieh mal!"

Einige Meter entfernt durchzieht ein breiter Spalt den Fels vom Boden bis zur Spitze. Sie gehen hindurch und kommen an eine weitere steinerne Wand. Links und rechts sind Grabsteine, darin eingraviert Schriftzeichen in der Sprache der alten Völker. Die Ruhestätten sind Teil des Felsens, darüber führen violette Linien hinauf. Als hätte jemand die leuchtenden Steine zerschlagen und sie mit deren Staub gezeichnet.

„Wofür die wohl da sind?", überlegt Clariis. „Sie reichen bis ganz nach oben."

Maleeo zuckt mit den Schultern. „Vielleicht wollten sie damals auf diese Weise Verbindungen zu den Göttern herstellen, an die sie glaubten."

„Kann sein. Lass uns noch weiter gehen."

Sie folgen dem Hohlraum zwischen den beiden steinernen Wänden nach rechts, vorbei an den Gräbern lange verstorbener Seelen, bis sie einen weiteren Durchgang erreichen.

Auch im nächsten Zwischenbereich befinden sich Ruhestätten mit hinaufführenden

Linien. Immer weiter begeben sie sich ins Innere des Friedhofs, bis sie im Zentrum einen

runden Platz erreichen. In seiner Mitte steht die Statue einer Gestalt in Robe. Anstatt

einem menschlichen Kopf ragt ein sichelförmiger Mond aus dem Kragen hervor. Am

Sockel sind Schriftzeichen eingemeißelt, die das Wort *Leestus* bedeuten könnten.

„Der Gott, der Tag und Nacht kontrolliert, glaube ich", sagt Maleeo.

„Vielleicht gingen sie damals davon aus, dass er damit auch über das Leben bestimmt."

Maleeo sieht nach oben, als es dunkler wird. Graue Wolken schieben sich vor den

blauen Himmel „Wir sollten zurück zum Schiff."

„Ja, ist wohl besser."

Nach einem letzten Blick zu der Statue gehen sie zurück.

Böiger Wind weht ihnen entgegen, als sie den Durchgang zur Wüste erreichen.

Regenwolken ziehen über sie hinweg. Am Horizont blitzt es, wenig später hören sie

entferntes Donnergrollen.

„Vielleicht bleiben wir besser hier, bis sich das Wetter beruhigt hat", meint Clariis.

Maleeo nickt. Gemeinsam gehen sie wieder ins Innere und setzen sich hinter der

zweiten Mauer auf den Boden.

„Wie still es hier ist", sagt er. Weder Wind noch Donner sind zu hören.

Clariis blickt nach oben. Die grauen Wolken hängen über ihnen, scheinen nicht

weiterzuziehen „Etwas stimmt nicht", flüstert sie.

„Was meinst du?"

Bevor sie antworten kann, wird es so hell, als wäre der Himmel selbst zu Licht

geworden. Blitze schlagen oben in die Mauern ein. Die Linien, die zu den Gräbern führen, leuchten auf und tauchen die Umgebung in violetten Schein. Boden und Wände vibrieren, Maleeo und Clariis klammern sich aneinander.

Nach einigen Sekunden schweben dunkle Formen vor den Grabsteinen aus dem Sand hervor. Maleeo hat noch nie solche Finsternis gesehen. Kein Licht wird von den fremdartigen Erscheinungen reflektiert. Der einsetzende Regen verschwindet in ihnen, als wären sie eine Tür zu einer anderen Welt. Nach und nach nehmen sie menschliche Gestalt an und schweben klagend durch den Wüstenfriedhof. Worte in der Sprache der alten Völker hallen vom Gestein wider.

Eins der Geschöpfe nähert sich ihnen. Sie weichen zurück, drücken sich an die Felswand. Das Wesen streckt einen Arm aus und streift mit einem Finger zuerst Clariis und dann Maleeos Stirn. Beide zucken zusammen, eine nie gekannte Kälte strömt durch ihre Körper.

„Lofftarth!", raunt die Erscheinung.

Andere schweben herbei, ändern ihre Form und gestalten ein Bild. Mehrere in die Höhe ragende Bauwerke entstehen. Links und rechts davon geschwungene Linien, die Dünen darstellen könnten. Eine Weile bleibt es unverändert, dann kommt etwas aus dem Boden hervor. Für Maleeo sieht es aus wie ein Kind, aber dann entfaltet es Flügel und gibt einen schrillen Ton von sich, bei dem sich Clariis und er die Ohren zuhalten. Einige der Türme brechen in sich zusammen.

Über ihnen zucken weiter grelle Blitze herab, bis die Abstände dazwischen größer werden und es schließlich aufhört. Noch einige Minuten prasselt der Regen auf sie herab und die Stimmen der erweckten Seelen hallen durch die feuchte Luft, bis sie leiser werden und verstummen.

Erst als sie sicher sind, dass es vorbei ist, lösen sie sich voneinander und blicken sich um.

Die dunklen Formen sind verschwunden. Wände und Boden sind vom Regen dunkel verfärbt.

„Hast du so etwas schon mal gesehen?", fragt Clariis mit zitternder Stimme.

„Nein." Maleeo schluckt. „Anscheinend haben die alten Völker einen Weg gefunden, wiedererweckt zu werden."

„Wir müssen hier weg. Komm!" Sie greift seine Hand.

Gemeinsam eilen sie durch den nassen Sand zum Ausgang. Die Grabstätten, an denen sie vorbeikommen, lassen nichts von dem erkennen, was geschehen ist. Als sie den Durchgang zur Wüste passieren, sind nur noch wenige Wolken am Himmel. Über ihnen kommt die Sonne hervor. Es ist bereits Mittag, anscheinend haben sie während des Unwetters das Zeitgefühl verloren.

Nachdem sie das Schiff erreicht haben, schneidet sich Maleeo in den rechten Zeigefinger, lässt das Blut in den Sand tropfen und klettert zu Clariis an Bord. Sie ziehen die Strickleiter hoch und warten.

„Was sie uns wohl zeigen wollten?", überlegt Clariis und blickt zu dem Felsen.

Maleeo zuckt mit den Schultern. „Vielleicht war es die Turmstadt. Etwas, das sie dort erlebt haben."

„Der Geist hat uns vorher berührt", sagt sie. „Es könnte auch eine Warnung sein."

Schweigend warten sie, bis nach einigen Minuten ein tiefes Brummen ertönt und die blauen Tentakel des Sandreisenden den Rumpf umgreifen.

Sie haben sich die weißen Tücher um den Kopf gebunden, mit denen die Lebensmittel in dem Korb bedeckt waren. Die Sonne steht bereits tief, als sie sich einem Gebirgszug nähern.

„Da ist eine Siedlung", sagt Clariis und deutet vom Steuerrad aus nach vorne rechts.

Häuser aus grauem Gestein stehen dort im Schatten eines Berges.

„Warst du schon mal da?", fragt Maleeo.

„Nein, aber ich habe schon von diesem Ort gehört", antwortet sie und steuert das Schiff darauf zu „Es ist die einzige Siedlung, der wir Essen und Wasser bringen." Sie bemerkt seinen fragenden Blick. „Die Menschen dort haben keine Schiffe, sie reisen nicht, sondern bleiben in ihrer Heimat. Aber wenn wir Hilfe brauchen, stellen sie uns als Gegenleistung für eine Weile Männer und Frauen zur Verfügung, die uns beim Gesteinsabbau und dem Errichten neuer Häuser helfen."

Als sie nur noch einen halben Kilometer entfernt sind, lässt Maleeo den Sandreisenden anhalten. Er und Clariis essen und trinken etwas. Der Korb ist bereits zu einem Drittel leer, einer der Wasserschläuche zur Hälfte. Nachdem sie fertig sind, verstauen sie die Lebensmittel wieder unter Deck, klettern vom Schiff und gehen auf die Häuser zu. Je näher sie kommen, desto fester und steiniger wird der Boden.

Die Einwohner sitzen vor ihren Behausungen auf Decken und sprechen miteinander. Tönerne Teller mit gelblichen Pflanzen und kleinen Früchten stehen vor ihnen. Die Männer tragen hellbraune, kurze Hosen, die Frauen Gewänder in der gleichen Farbe. Ein ältere Bewohner winkt ihnen zu. Es wird ruhig, als die anderen des Stamms sie bemerken und aufmerksam anblicken.

„Wer seid ihr?", fragt der Mann, als sie ihn erreicht haben. Er teilt sich die Decke mit einer Frau seines Alters.

„Ich bin Maleeo, aus einer der südlichen Siedlungen. Das ist Clariis, sie stammt aus dem Caluuah-Gebirge."

„Ach?" Der Fremde hebt die Augenbrauen. „Dann habt ihr bestimmt Nahrung und Wasser für uns?"

„Nein", antwortet Clariis nach einem Blick zu Maleeo. „Wir wollen weiter nach Osten und haben selbst nicht viel."

„Wann kommt die nächste Lieferung?", will die alte Frau wissen.

„Weiß nicht. Unser Tal wurde überschwemmt, es gab Verluste."

„Ihr solltet -", beginnt der Mann und hustet mehrmals. „Ihr solltet wissen, dass die alten Völker dieses Gebirge *do hal Fanithumm* nannten. Es bedeutet *bis zur Unendlichkeit*. Ganz so weit ist es zwar nicht", sagt er und lacht kurz auf. „Aber in beide Richtungen braucht ihr selbst mit einem Schiff mehrere Tage, bevor ihr daran vorbei weiter nach Osten könnt. Es sei denn ..." Er blickt zu der Frau, beide lächeln. „... jemand ist so nett, euch einen Weg hindurch zu zeigen."

„Wenn ihr uns eure Sachen gebt, machen wir das gerne", meint die Frau. „Von dem, was wir in den Bergen finden, können wir kaum leben."

Maleeo und Clariis sehen sich an.

„Das geht nicht", sagt er. „Ohne Proviant können wir nicht weiter."

„Vielleicht doch!" Wieder hustet der Mann. „Diese Pflanzen und Früchte wachsen in Felsnischen und an Höhleneingängen. Bestimmt findet ihr genug, um die andere Seite des Gebirges zu erreichen. Dort trefft ihr auf die Noheeya, der erste Stamm der roten Wüsten."

„Müsstet allerdings euer Schiff zurücklassen und zu Fuß weiter." Die Frau isst vom Teller und leckt sich die Finger ab.

„Ich habe mein ganzes Leben in einem Gebirge verbracht", flüstert Clariis in Maleeos Ohr. „Wir finden auch so einen Weg."

Maleeo nickt. „Wir brauchen unsere Sachen selbst. Bestimmt kommt bald Nachschub für euch. Lebt wohl!"

Er und Clariis drehen sich um und gehen zurück zur Wüste.

„Irgendwann werdet ihr euch an diesen Moment erinnern", ruft ihnen der Mann hinterher.

Es ist fast dunkel, als Maleeo Korb und Wasserschlauch unter Deck bringt. Clariis hat sich am Bug auf den Rücken gelegt und den Kopf auf dem Tuch gebettet, das sie zuvor umgebunden hatte. Er geht zu ihr, lässt sich auf den Boden sinken und lehnt sich zurück, um ebenfalls zu den Sternen zu blicken.

„Was wohl dort oben ist?", überlegt sie nach einer Weile. „Vielleicht gibt es noch andere Welten und die Menschen halten sich für zu wichtig?"

„Mein Vater sagt immer, wir alle müssen die Aufgabe finden, die für uns gedacht ist. Nur so wird alles im Gleichgewicht gehalten."

Sie dreht den Kopf zur Seite und sieht ihn an. „Aber machen wir das Richtige? Nach Osten zu reisen, anstatt in unseren Siedlungen zu bleiben? Du bei deinen Eltern?"

„Für mich fühlt es sich richtig an", antwortet er, nachdem er darüber nachgedacht hat. „Ich kann mir nicht mehr vorstellen, einfach nichts zu unternehmen. Die Reise zur Wand ist unsere Aufgabe, niemand sonst wird sie übernehmen, glaube ich."

Das letzte Licht des Tages schwindet, während sie den Himmel betrachten.

„Die Berge im Norden sahen flacher aus als hier. Vielleicht finden wir dort einen Weg zur anderen Seite." Für einen Moment legt sie ihre Hand auf seine, dann dreht sie sich von ihm weg auf die Seite. „Gute Nacht."

„Schlaf gut", antwortet Maleeo, legt sich hin und schließt die Augen.

***

Nach oben blickend sucht nach den Sternen, aber sie sind nicht da. Nur Finsternis umgibt ihn.

„Clariis?", ruft er, bekommt als Antwort aber nur das Echo seiner Stimme.

Etwas kratzt nicht weit entfernt über den felsigen Boden. Maleeo zuckt zusammen und flieht mit nach vorne gestreckten Armen durch die Dunkelheit. Immer wieder hört es das Schachern. Es scheint weder näherzukommen noch sich zu entfernen, als wollte es ihn vor sich hertreiben.

Er wird langsamer, seine Beine schwerer, da sieht er ein Licht und läuft so schnell er kann darauf zu. Als er näherkommt, erkennt er einen Torbogen, hinter dem Wüstensand vom Wind aufgewirbelt wird. Zwei Personen stehen dort. Tränen laufen über Maleeos Wangen, als er seine Eltern erkennt. Sie formen mit ihren Händen eine Kugel, violetter Schein dringt daraus hervor.

Lächelnd treten sie beiseite, damit er aus der Schwärze zu ihnen kann. Nachdem er die Wüste erreicht hat, verschwindet der Durchgang hinter ihm. Nur noch der bis zum Horizont reichende Sand umgibt sie.

Maleeo betrachtet das Licht, das zwischen ihren Fingern hervorkommt und berührt den Stein in der Tasche seines Gewands. „Ihr habt mich gefunden!"

„Und du uns", antwortet seine Mutter.

„Aber es ist nur ein Traum, oder?"

„Dadurch muss es nicht weniger real sein", sagt sein Vater.

Eine Weile betrachten sie sich schweigend.

„Tut mir leid!" Maleeo wischt sich über die Augen. „Dass ich nicht zu euch zurückgekommen bin, aber ich ... habe eine Aufgabe, glaube ich."

„Dann wird es so sein. Wir sind für dich da, wenn du zurückkommst." Seine Mutter

streicht sich die Haare aus dem Gesicht, in denen sich die ersten grauen Strähnen zeigen.

„Achte darauf, deinem Gefühl zu folgen."

„Triff die richtigen Entscheidungen, lass dich nicht zu sehr von anderen beeinflussen!",

meint sein Vater.

Die Erscheinungen seiner Eltern beginnen zu verblassen.

„Wartet!", ruft Maleeo. „Was meint ihr?"

Seine Mutter deutet an ihm vorbei. „Pass auch dich auf", sagt sie kaum noch hörbar,

dann sind sie und sein Vater verschwunden.

Er dreht sich um und zuckt zusammen. Der alte Mann aus der Siedlung steht vor ihm

und beginnt zu lachen, bis es zu einem Husten wird.

***

Maleeo öffnet die Augen und blickt sich um. Trotz der kühlen Nachtluft schwitzt er. Clariis schläft ruhig atmend neben ihm. Haben sie die falsche Entscheidung getroffen?, fragt er sich, nachdem sich sein Herzschlag beruhigt hat. Wollten ihm das seine Eltern in dem Traum mitteilen? *Lass dich nicht zu sehr von anderen beeinflussen*, sagte sein Vater.

Leise steht er auf, geht zur Reling und blickt zu der Siedlung. Aus dem Haus des alten Mannes und einigen anderen dringt der Schein eines Steins. Nach einer Weile betrachtet er Clariis. Würde sie sich umstimmen lassen, die Nahrung abzugeben und darauf zu vertrauen, dafür einen Weg gezeigt zu bekommen? Wahrscheinlich nicht, glaubt er und vermutet, dass es bestimmt schwieriger ist, über ein unbekanntes Gebirge zu kommen, als etwas zu essen zu finden.

Mit langsamen Schritten geht er zur Luke des Frachtraum und zieht sie auf. Zuerst nimmt er den Korb und hängt ihn sich um die Schulter. Dann geht er zur Strickleiter, lässt sie herunter und klettert vom Schiff. Nachdem er den Korb abgestellt hat, holt er den noch vollen Wasserschlauch und blickt dabei zu Clariis, die weiterhin schläft. „Tut mir leid", flüstert er.

Als er erneut den Wüstensand unter seinen Füßen spürt, macht er sich mit den Vorräten auf den Weg zur Siedlung.

Der alte Mann sitzt im Schneidersitz vor seinem Haus. Violettes Licht dringt durch die offene Tür. Vor ihm liegt ein Tuch, darauf ein Büschel getrocknetes Gras. Er nimmt etwas davon, kaut es und blickt zu Maleeo auf, der den Korb und den Wasserschlauch ablegt.

„Hast es dir wohl anders überlegt", sagt der Mann und grinst.

„Sieht so aus."

„Gute Entscheidung! Setz dich zu mir."

Einen Moment zögert Maleeo, dann lässt er sich auf den Boden sinken. „Was ist das?" Er deutet auf das Tuch.

„Ich nenne es Traumgras. Schmeckt würzig und wenn du Glück hast, macht es deinen Schlaf etwas angenehmer. Probier es!"

„Vielleicht später. Sagen Sie mir nun den Weg? Sonst nehme ich die Sachen wieder mit."

„Keine Sorge, ich halte meine Versprechen. Ihr solltet euer Schiff stehen lassen. Entlang des Gebirges wird der Boden immer wieder felsig. Nicht gut für Sandreisende. Geht nach Süden, nach zwei bis drei Stunden werdet ihr eine Bergspitze sehen, die wie ein sichelförmiger Mond geformt ist. Die alten Völker haben sie so gestaltet zur Ehrung des Gottes *Leestus,* mit welchen Werkzeugen auch immer sie das gemacht haben. Dort findet ihr einen Weg, der zur anderen Seite führt, zu den roten Wüsten und den *Noheeya.* Haltet nach ihren runden Häusern Ausschau."

„Werden wir unterwegs genug zu essen finden?"

„Wenn ihr aufmerksam seid. Aber bleibt bei den gelblichen Pflanzen und kleinen Früchten, alles andere -" Der alte Mann lacht kurz. „- könnte euch nicht gut bekommen."

Maleeo nickt und probiert etwas von dem Gras. Bei dem derben Geschmack verzieht er das Gesicht.

„Man gewöhnt sich dran", meint der Alte.

„Hoffentlich." Maleeo leckt sich über die Lippen. Eine angenehme Wärme breitet sich in ihm aus. „Wir waren auf dem Weg hierhin im Friedhof der alten Völker. Ein Gewitter zog auf und … etwas passierte. Als wären ihre Seelen wiedererweckt worden."

Die Miene des Mannes wird ernst. „Unsere Vorfahren haben alles versucht, um unsterblich zu werden. Haben die Gesetze der Natur in Frage gestellt und sie missachtet."

„Sie zeigten uns etwas, das vielleicht die Turmstadt sein sollte. Die Türme fielen in sich zusammen, dann kam etwas aus dem Boden. Zuerst dachte ich, es sei ein Kind, aber dann hat es Flügel entfaltet."

„Weit im Osten soll es noch Anhänger der Wege unserer Vorfahren geben, die weiter mit der alten Magie experimentieren. Vom ewigen Leben träumen und Kreaturen lange vergangener Zeitalter zurückholen wollen, um deren Kraft zu nutzen. Hütet euch davor!"

„Das werden wir." Maleeo steht auf. „Danke!"

„Hoffentlich", raunt der Alte und greift nach dem Gras.

***

Er sitzt auf einer Decke. Vor ihm steht ein Teller mit Brot und Früchten. Um ihn herum picknicken diejenigen, die ihm wichtig sind. Seine Eltern. Clariis. Hemass und andere seines Stamms. Kinder spielen fangen und lachen.

Sie sind auf einer Wiese, umgeben von Bergen. Die Sonne scheint auf sie herab. Vielleicht ist es ein Teil des Tals, in dem Clariis lebt, überlegt Maleeo. Weiter entfernt hängen dunkle Wolken am Himmel. Scheinbar ziehen sie in seine Richtung, aber sie kommen nicht näher, als wäre ihre Bewegung nur eine Illusion.

Als er sich eine Frucht nehmen will, entdeckt er daneben einen Grasbüschel. Zögernd nimmt er etwas davon, kaut es und schließt für einen Moment die Augen. Die beruhigende Wirkung breitet sich in ihm aus. Er öffnet die Lider und zuckt kurz zusammen. Der alte Mann aus der Bergsiedlung sitzt vor ihm.

„Ein schöner Ort hier", sagt der Fremde und greift ebenfalls nach dem Gras.

„Ja", antwortet Maleeo. „Es muss einen Weg geben, unsere Welt zu erhalten, wieder unbeschwert leben zu können. Irgendwo müssen die Unwetter ihren Ursprung haben."

„Du sprichst von der Wand im Osten und was dahinter liegt. Vielleicht findest du dort etwas, vielleicht auch nicht. Die alten Völker glaubten, dass nach jeder gebannten Gefahr die nächste kommt. Also überleg dir gut, was du machst."

„Das werde ich, aber zuerst muss ich einen Weg finden, dorthin zu gelangen."

Der Mann zuckt mit den Schultern und kaut stumm weiter.

Einige Meter entfernt steht Clariis auf und entfernt sich. Maleeo folgt ihr, über eine Wiese mit bunten Blumen in einen Wald.

„Clariis?", ruft er, als er sie zwischen den Bäumen nicht mehr sieht. „Wo bist du?"

Immer schneller eilt er durch das Unterholz und wiederholt ihren Namen.

„Hier", hört er sie nach einigen Minuten, obwohl er sie nirgendwo erblickt.

Als er nicht aufpasst, stolpert er über eine Wurzel und fällt auf den Waldboden.

„Wo?", fragt er erneut.

Warmer Atem streift sein Ohr. „Du entfernst dich von mir", sagt Clariis leise.

„Warum?"

Blinzelnd sieht er sich um. Die aufgehende Sonne hat begonnen, die Dunkelheit der Nacht zu verdrängen. Clariis sitzt neben ihm, die Hand an seiner Schulter.

„Alles in Ordnung!", sagt sie „Ich bin hier. Was hast du geträumt?"

„Wir … „ Er setzt sich auf und leckt sich über die Lippen. „Wir haben gepicknickt. Du, ich, Hemass und mein Stamm. Aber dann bist du weggegangen. Ich bin dir gefolgt, aber konnte dich nicht finden."

„Es war nur ein Traum. Warum sollte ich von dir weg?"

Zögernd blickt er sie an, dann dreht er den Kopf und betrachtet die Berge „Auch letzte Nacht hatte ich einen Traum, von meinen Eltern und dem alten Mann aus der Siedlung. Danach habe ich eine Entscheidung getroffen."

„Ach?" Sie zieht die Augenbrauen hoch. „Und welche?"

„Es schien mir zu riskant, selbst einen Weg durch ein fremdes Gebirge zu suchen. Da bin ich …" Er zuckt mit den Schultern. „… erneut zu dem Mann und habe von ihm erfahren, wo wir hindurch können. Wir müssen zu Fuß weiter, nach Süden."

„Und unsere Sachen?"

„Ich habe sie ihm gegeben, bis auf den halbvollen Wasserschlauch."

Einige Sekunden sieht sie ihn an und legt die Stirn in Falten. Dann schüttelt sie den Kopf, steht auf und geht zur Reling. Mit verschränkten Armen blickt sie über die Wüste zum westlichen Horizont.

„Tut mir leid", sagt Maleeo und erhebt sich ebenfalls. „Ich hatte Angst nach meinem Traum und habe einfach das gemacht, was mir richtig schien."

„Du hättest mich wecken und mit mir darüber sprechen können. Wenn du mir nicht vertraust, kannst du auch alleine weiter!"

„Ohne dich schaffe ich es nicht", antwortet er nach einer Weile.

Sie dreht sich zu ihm und funkelt ihn an. „Ach? Das hättest du dir vorher überlegen

sollen!" Mehrmals ballt sie die Hände zu Fäusten und öffnet sie wieder. „Bitte, dann zeig

den Weg, wenn du meinst, Bescheid zu wissen, Außerdem darfst du den Schlauch tragen."

Er schweigt, als sie an ihm vorbei eilt und die Strickleiter runterlässt.

Sie haben sich erneut die Tücher um den Kopf gebunden. Maleeo geht vor, der

Wasserschlauch hängt an seiner Schulter. Seit sie sich auf den Weg gemacht haben, folgt

ihm Clariis mit mehreren Metern Abstand. Nach einer Stunde hat er den Versuch

aufgegeben, mit ihr ein Gespräch zu beginnen.

Als er stehen bleibt, um etwas zu trinken, ruft Clariis: „Da!" und deutet nach vorne.

Maleeo sieht in diese Richtung und erblickt gut einen Kilometer entfernt einen Berg, der

nach oben hin schmaler wird, bis seine Form in eine Sichel übergeht. Sie schimmert und

ist heller als der Rest des Gesteins, als würde sie das Sonnenlicht absorbieren.

„Dort müssten wir den Weg durchs Gebirge finden", sagt er und trinkt aus dem

Schlauch.

„Hoffentlich! Auch was zu essen wäre gut."

Schweigend gehen sie weiter.

Maleoo lässt seinen Blick über den Fuß des Berges schweifen, findet aber keinen

erkennbaren Pfad.

„Was jetzt?", fragt Clariis.

Weiter oben sieht er eine Öffnung neben einem Felsblock und zeigt darauf. „Da könnte

eine Höhle sein."

„Vielleicht hättest du etwas genauer fragen sollen, wenn du schon unsere Sachen -"

„Hab ich aber nicht!", unterbricht er und macht sich an den Aufstieg über den steinigen Grund.

Clariis kommt ihm hinterher. Nach einigen Minuten erreichen sie die Stelle. Hinter dem Fels führt ein Gang in den Berg. Maleeo nimmt den Stein aus der Tasche seines Gewands. Als er in die Dunkelheit tritt, beginnt er zu leuchten, genauso wie hinter ihm der von Clariis. Sie folgen der sich durch den Berg schlängelnden Höhle, bis sie eine runde Kammer mit flacher Decke erreichen.

In gebückter Haltung wagen sie sich weiter vor, bis vor ihnen der Boden steil abfällt. Weit unten leuchtet auf dem Grund eine violette Höhlenmalerei. Die Zeichnung der Wand befindet sich ganz links. Daneben sind wie bei dem Bild, das sie zuvor gesehen haben, mehrere Kreise, umgeben von unzähligen Punkten. Auf den runden Formen befinden sich Rechtecke, die Häuser darstellen könnten. Eine Wolkendecke hängt dicht darüber.

„Vielleicht leben auf der anderen Seite auch Menschen", meint Clariis, nachdem sie das Kunstwerk eine Weile betrachtet haben.

„Wer weiß. Aber was stellen die Kreise dar?"

Sie zuckt mit den Schultern. „Vielleicht Siedlungen, die von den Einwohnern umzäunt wurden?"

„Wir werden es hoffentlich herausfinden." Er blickt sie an. „Sprichst du jetzt wieder mit mir?"

„Nur wenn es nötig ist", antwortet sie und geht nach links zu einem weiterführenden Gang.

„Na immerhin", sagt Maleeo und folgt ihr.

Nach einer Weile führt die Höhle bergauf, bis sie Tageslicht sehen und ins Freie treten.

„Endlich!", sagt Maleeo und steckt seinen Stein wieder weg. Am Rand des Eingangs wachsen die gelblichen Pflanzen, die sie aus der Bergsiedlung kennen. Er beugt sich vor, pflückt eine und riecht daran.

„Sei vorsichtig", meint Clariis.

Vorsichtig beißt er ein kleines Stück ab und kaut einige Sekunden darauf, dann schluckt er es runter „Schmeckt süßlich."

„Na dann." Auch Clariis nimmt sich welche und probiert. „Wie fühlst du dich?", will sie danach wissen.

„Weiterhin gut. Und du?"

„Auch."

Sie essen und trinken ausreichend und folgen dem am Berg entlang führenden Pfad.

Maleeo blickt hinauf zu der sichelförmigen Skulptur, die auf der Bergspitze thront. Gibt es auch heute noch Menschen, die so etwas erschaffen?, fragt er sich.

Nach einer Stunde neigt sich der Weg hinab zu einer Ebene, hinter der weitere Berge nebeneinander aufragen. Als sie unten sind, blicken sie sich um.

„Sieh mal!", sagt Maleeo und deutet nach links.

Etwas steht dort zwischen hochgewachsenen Bäumen mit dunkelgrünen, länglichen Blättern. Gemeinsam nähern sie sich und betrachten das Bauwerk. Es besteht aus einem Spitzdach auf vier steinernen Säulen, in die Schriftzeichen der alten Völker graviert sind.

„Vielleicht haben sie hier gebetet." Clariis streicht über die fremdartigen Symbole.

„Oder die Abgeschiedenheit und Ruhe genossen." Er betritt die Fläche unter dem Dach.

„Anscheinend ist vieles verloren gegangen. Der Glaube an die Götter, das Wissen über die Magie."

„Unsere Welt verändert sich. Vielleicht zieht die Magie irgendwann weiter zu anderen Orten."

Eine Weile schweigen sie. Weit über ihnen rauscht leise der Wind.

„Lass uns weiter", sagt Maleeo. „Bis zur anderen Seite haben wir wahrscheinlich noch einiges vor uns."

Sie gehen über die bewachsene Ebene zwischen den Bergen in die Richtung, aus der sie gekommen sind. Nach einigen Minuten entdecken sie einen Pfad, der zwischen den Felsen hinaufführt und beginnen den Aufstieg zur östlichen Seite des Gebirges.

Immer wieder kommen sie an Felsnischen vorbei, in denen sie die gelblichen Pflanzen finden. In manchen auch die kleinen Früchte an dornigen Sträuchern. Clraiis ist wieder in ihr Schweigen verfallen. Auch Maleeo spart sich seine Energie und spricht nicht auf dem kräftezehrenden Weg, der an einigen Stellen steil bergauf oder bergab führt.

Die Sonne steht bereits tief am Himmel, als sie hinter einer Biegung auf eine nicht mehr weit entfernte, hellrote Wüste hinabblicken.

„Unglaublich", meint Clariis. „Hast du so einen Sand schon mal gesehen?"

„Nein", antwortet Maleeo, nimmt einen Schluck aus dem Wasserschlauch und hält ihn ihr hin „Hier, ist fast leer."

Auch sie trinkt nur wenig. „Hoffentlich finden wir bald eine Siedlung!"

„Werden wir, wenn die Worte des alten Mannes stimmen."

Sie gehen weiter, der roten Ebene entgegen.

Maleeo lächelt, als er den nach der Tageshitze abkühlenden Sand unter seinen Füßen spürt. Er ist grobkörniger als der, den er bisher kannte.

Im Licht der Abendsonne sieht er sich um. Nach Osten erstreckt sich bis zum Horizont das leichte auf und ab der Dünen. Das Gebirge schlängelt sich nach Süden, genauso nach

Norden. Dort glaubt er weit entfernt die runden Häuser mit flachen Dächern zu erkennen,

von denen der Mann in der Gebirgssiedlung gesprochen hat.

„Im Norden ist eine Siedlung, glaube ich", sagt er.

Clariis hält sich eine Hand über die zusammengekniffenen Augen. „Scheint so, als wäre

deine Entscheidung für diesen Weg richtig gewesen." Ohne auf eine Antwort zu warten

geht sie los.

Sie nähern sich den Häusern der Noheeya, wie der alte Mann das Volk hier genannt hat.

Das Gestein der Häuser hat das gleiche Rot wie der Wüstensand. Vor einer der

Unterkünfte spielen Kinder mit einem Stoffball. Ihre Haut ist so dunkel, wie Maleeo und

Clariis sie noch nie bei Menschen gesehen haben.

Neben dem Hauseingang sitzt eine junge Frau. Sie hat ein weißes Tuch um die Hüfte

gebunden, ein weiteres um den Oberkörper. Bänder in der gleichen Farbe halten ihre

buschigen Haare zusammen. An manchen Stellen sind sie schwarz, an anderen braun.

„Hey!", ruft sie und steht auf. „Wer seid ihr?"

Die Kinder unterbrechen ihr Spiel und blicken zu den beiden Fremden.

„Ich bin Maleeo, das ist Clariis", sagt er, als die Frau zu ihnen gekommen ist. „Wir

kommen von der anderen Seite des Gebirges und wollen weiter nach Osten."

Die Noheeya mustert sie. „Und was hofft ihr dort zu finden?" Zwischen manchen

Wörtern kommt ein klickendes Geräusch, als würde sie mit der Zunge am Gaumen

schnalzen.

„Hoffentlich den Ursprung der Unwetter, des vielen Regens", antwortet Clariis.

Eine Weile schweigt die Frau. „Ist lange her, dass jemand versucht hat, die Mauer zu

erreichen."

„Dann existiert sie?", fragt Maleeo.

Sie zuckt mit den Schulter. „Wer weiß das schon?"

„Könnt ihr uns helfen?", will Clariis wissen. „Wir haben keine Vorräte mehr."

„Wir müssen selbst sehen, wie wir überleben. Ihr solltet zurück in eure Heimat."

Mehrere in Tücher gekleidete Einwohner nähern sich, darunter eine alte Frau mit

schwarz-grauen Haaren. Auch sie und einige andere haben ihre krausen Mähnen mit

weißen Bändern zusammengebunden. Manche tragen Speere mit scharfen, steinernen

Spitzen.

„Wir verschenken hier nichts!" Auch die Alte gibt das Klicken von sich. „Aber

vielleicht habt ihr etwas anzubieten für unsere Gastfreundschaft?" Sie tritt vor Clariis und

blickt auf den violetten Stein.

„Die geben wir nicht her!" Maleeo umgreift sein eigenes Artefakt in der Tasche des

Gewands.

„Die?", wiederholt die alte Frau. „Also habt ihr mehr als einen? Wir brauchen Licht, um

Wasser aus den Höhlen zu holen. Bis vor einigen Tagen hatten wir selbst einen solchen

Stein, aber der Träger ist in einem Stollen in die Tiefe gestürzt."

Clariis sieht zu Maleeo, der kurz den Kopf schüttelt. Dennoch streift sie das Band ab, in

das der Lichtgeber gebunden ist. „Wir bekommen Wasser und Nahrung für mindestens

drei Tage. Und ihr erklärt uns, was das ist." Mit dem Zeigefinger deutet sie zum östlichen

Rand der Siedlung.

Eine zwei Meter hohe Mauer führt von dort aus durch die Wüste bis zum Horizont. Sie

ist aus dem gleichen rötlichen Gestein wie die Häuser der Noheeya. Genauso das Schiff,

das darauf steht. Seine Seiten reichen über die Mauer hinaus und umschließen sie.

„In Ordnung", antwortet die Alte und streckt eine Hand aus.

Clariis schüttelt sie. Dann gibt sie der Frau das Artefakt, die es sich lächelnd um den

Hals hängt.

„Folgt mir", sagt sie und geht zum Rand der Siedlung.

Maleeo berührt das Schiff..Die Oberfläche fühlt sich kühl an. „Wo kommt dieses Gestein

her?", will er wissen.

„Die Strecke führt zur Felsebene." Die alte Frau deutet entlang der Mauer. "Sie ist

bedeckt mit zahllosen Brocken, die wir hiermit transportieren. Wenn sie im Feuer erhitzt

werden, können sie geformt werden."

„Und bleiben trotzdem so glatt?"

„So ist es."

„Wer hat das hier gebaut?", fragt Clariis.

„Die alten Völker, vermute ich. An Deck ist eine Schaltvorrichtung, nicht schwer zu

bedienen. Aber ihr müsst auf ein Gewitter warten."

„Warum?" Maleeo blickt zum wolkenlosen Himmel.

„Die Blitze werden von diesem Gestein angezogen und laden es auf. Danach

funktioniert die Bahn für mehrere Tage. Ihr dürft sie benutzen, wenn ihr versprecht, das

Schiff wieder zurückzuschicken."

Maleeo und Clariis nicken.

„Ihr könnt so lange bei mir bleiben", sagt die junge Noheeya, die zuvor auf die Kinder

aufgepasst hat. „Ich habe genug Platz."

„Wohnst du hier alleine?", fragt Maleeo, nachdem sie das Haus betreten haben. Durch das

kühlende Gestein um ihn herum bekommt er Gänsehaut.

„Ja. Ein großes Zuhause ist einer der Vorteile, wenn die eigene Mutter die

Stammesführerin ist." Sie zwinkert Maleeo zu. „Ich heiße Nariih." Aus einer hölzernen

Truhe nimmt sie zwei Decken und breitet sie in einer Ecke nebeneinander aus. „Hier könnt ihr euch ausruhen. Im Raum nebenan findet ihr Nahrung und Wasser. Ihr könnt eure Sachen in dem großen Eimer waschen."

„Sind wir hier sicher?", fragt Clariis und berührt die Wand aus hellrotem Stein. Davor auf dem Boden liegen mehrere Speere. „Schlagen die Blitze nicht auch in die Häuser ein?"

„Ja, aber keine Sorge, hier passiert euch nichts." Nariih lächelt, als sie Clariis und Maleeos fragende Blicke bemerkt. „Gerade in den Häusern ist es sicher. Das Gestein absorbiert die Energie und schützt uns. Draußen könntet ihr selbst getroffen werden."

„Na dann." Maleeo setzt sich auf eine der Decken und gähnt.

„Ich bin noch etwas draußen. Macht es euch bequem!"

Nachdem Nariih gegangen ist und die Tür geschlossen hat, legt sich Clariis neben Maleeo und schließt die Augen.

„Vielleicht hätten wir erst miteinander sprechen sollen, bevor du deinen Stein hergibst", sagt er.

Erst nach einigen Sekunden antwortet sie. „Es schien mir das Richtige, also habe ich die Chance genutzt, solange sie da war."

Eine Weile betrachtet Maleeo sie, dann steht er auf und geht zum Durchgang ins Nebenzimmer „Hoffentlich war die Entscheidung richtig. Ich hole uns was zu essen."

***

Weit entfernt steht Clariis im Licht der Abendsonne. Ihre Füße sind im roten Sand versunken, genau wie seine eigenen. Er will zu ihr laufen, aber schafft es nicht, seine Beine zu heben.

„Komm zu mir!", ruft er, aber der aufkommende Wind verschluckt seine Worte.

Der Abstand zwischen ihnen wird größer, als wollte die Wüste sie endgültig trennen.

Seine Augen werden glasig, als er Clariis kaum noch sieht.

„Vielleicht solltest du dich nicht zu sehr an sie klammern", sagt jemand hinter ihm.

Maleeo blickt über die Schulter zurück. Nur wenige Meter entfernt steht Nariih auf dem Sand.

„Aber ich darf sie nicht verlieren!", antwortet er.

„Lass ihr den Freiraum, den du selbst erwartest." Nariih dreht sich um und geht davon.

„Warte!" Endlich schafft er es, erst den einen, dann den anderen Fuß zu heben.

So schnell er kann folgt er ihr. Als er sie erreicht, blickt er zurück. Clariis ist nicht mehr zu erkennen.

„Du kannst auch bei mir bleiben", sagt Nariih und schnippt mit den Fingern. Einige Meter entfernt hebt sich ihr Haus aus der Wüste empor. „Bei mir ist es sicher!"

***

Er öffnet die Augen. Nariih hat Clariis und ihn zugedeckt. Die Umgebung wird schwach durch das Licht des violetten Steins in der Tasche seines Gewands erhellt.

Nachdem er sich aufgerichtet hat, holt er das Artefakt hervor und sieht zu Clariis. Sie schläft auf dem Rücken liegend. Manchmal zucken ihre Augenlider und sie murmelt etwas, so leise, dass er es nicht versteht. Hat sie einen ähnlichen Traum?, überlegt er.

Für einen Moment denkt er darüber nach, sie zu wecken, aber dann steht er auf und blickt zu Nariihs Bett. Es ist leer, die Haustür steht einen Spalt offen. Leise geht er hinaus in die kühle Nacht.

Nariih sitzt neben der Tür, vor ihr liegt Gras auf einem Tuch. „Hey", sagt sie, als sie Maleeo bemerkt. „Setz dich zu mir."

Er lässt sich neben ihr auf den Boden sinken. „Bist du oft nachts draußen?"

„Ja. Ich schlafe selten durch und gehe in der angenehmen Luft meinen Gedanken nach. Nimm vom Gras, wenn du möchtest."

„Danke!" Maleeo legt den Stein neben sich, greift etwas von dem getrockneten Gewächs und legt es auf die Zunge. Wieder spürt er die angenehme Wärme, die sich in Hals und Brust ausbreiten.

Nariih deutet auf den Stein. „Wo hast du ihn gefunden?"

„Nahe dem Caluuah-Gebirge, nachdem unser Schiff von einem Unwetter zerstört wurde."

„Irgendwie tauchen sie immer dann auf, wenn sie am meisten gebraucht werden. Wahrscheinlich konnten sie zur Zeit der alten Völker mehr als nur Licht spenden."

„Vielleicht ist es auch jetzt noch so. Seit ich ihn bei mir trage habe ich Träume, die mir helfen, den richtigen Weg zu finden. Hoffe ich zumindest. Und ich konnte in Gedanken mit Clariis sprechen, obwohl sie weit entfernt war."

„Ist sie deine Freundin?", fragt Nariih.

„Was? Nein! Also wir sind befreundet, aber sie ist nicht -"

„Schon okay." Sie legt ihm eine Hand auf die Schulter und lächelt. Für einen Moment blicken sie sich in die Augen. „Wenigstens habt ihr beide ein Ziel."

„Du nicht?"

Nariih lässt ihn los und sieht hinauf zum Nachthimmel. „Es gibt so viele Möglichkeiten, dennoch habe ich bisher nichts gefunden, was mich von hier wegzieht."

„Was interessiert dich?"

„Weiß nicht, vielleicht wird es mir erst klar, wenn ich es gefunden habe. Wahrscheinlich brauche ich jemanden, der mich mitnimmt, mir die Welt zeigt. Wie ist es dort, wo du herkommst?"

„Meine Siedlung liegt weit im Süden. Eine Felsformation spendet uns etwas Schatten, aber ansonsten ist um uns herum nur die Wüste. Clariis hat es da schon besser, sie lebt in einem Hochtal des Caluuah-Gebirges, umgeben von Wald und Wiesen."

„Klingt toll! Vielleicht zeigt ihr mir das alles mal, wenn ihr zurückkommt?"

„Klar, würde dir bestimmt gefallen."

Eine Weile betrachten sie schweigend die Sterne. .

„Gibt es auf dieser Seite des Gebirges Sandreisende?", fragt Maleeo.

„Nein. Hier gehört das Reich unter der Wüste den Squantibb. Sie kommen nur nachts raus, ihr Gebiet beginnt erst einige Kilometer entfernt." Sie steht auf und hält ihm eine Hand hin. „Komm mit, ich zeige dir etwas!"

„Womit macht ihr die weißen Bänder?", fragt Maleeo, als sie sich dem östlichen Rand der Siedlung nähern.

„Aus Pflanzen im höheren Gebirge, auch unsere Kleidung besteht daraus. Ohne sie würde ich jede Kontrolle über meine Haare verlieren", antwortet sie und lacht „Sieh mal!" Sie deutet zum Horizont, als sie das letzte Haus passiert haben.

„Was ist das?", fragt Maleeo, als er den weit entfernten, rot leuchtenden Streifen über dem Wüstenboden betrachtet.

„Die Squantibb. Von ihnen kommt das Fleisch, das ihr gestern Abend gegessen habt. Sie leben tief unter der Erde und lieben die Dunkelheit. Nachts suchen sie im Sand nach Nahrung. Auf eurer Fahrt nach Osten müsst ihr ein Mal übernachten. Haltet euch so weit wie möglich vom Boden fern, sonst -" Sie sieht ihn an. „- nehmen euch die Viecher auseinander."

Maleeo schluckt und nickt. Eine Weile betrachten sie das fremdartige Leuchten.

„Mein Vater war derjenige, der mit dem violetten Stein in dem Stollen verunglückt ist",

sagt Nariih.

„Tut mir leid!"

„Vielleicht sollte ich genau wie du einfach aufbrechen. Irgendwohin." Unter dem

Halbmond geht sie dem roten Schein der Squantibb entgegen. „Was meinst du? Spazieren

wir noch etwas durch die Nacht?"

Maleeo erinnert sich an seinen Traum und blickt zurück zur Siedlung. „Ich weiß nicht,

ich … sollte besser nach Clariis sehen."

„Überleg es dir!" Mit tanzenden Bewegungen entfernt Nariih sich weiter.

Einige Sekunden überlegt Maleeo, dann ruft er: „Ich gehe zurück!"

„Selbst schuld!"

Zögernd dreht er sich um und eilt zum Haus.

Ein leise gesummtes Lied dringt in sein erwachendes Bewusstsein. Langsam richtet er

sich auf.

Clariis sitzt im Schneidersitz auf der Decke neben ihm. Ihre Haare sind wieder zu einem

Zopf geflochten. Sie wickelt den Mittelteil eines weißen Bands um den violetten Stein

und knotet es an den Enden zusammen. Als sie merkt, dass er wach ist, hört sie auf zu

summen. „Dachte schon, du schläfst immer weiter."

„Woher hast du das Band?", fragt er und gähnt.

„Nariih gab es mir."

Er sieht zum Bett ihrer Gastgeberin. „Wo ist sie?"

„Sie hilft ihrer Mutter bei irgendwelchen Vorbereitungen. Später will sie mir zeigen, wie

man mit einem Speer kämpft. Wenn ich damit zurechtkomme, kann ich einen mitnehmen."

„Gute Idee! Hat … hat sie sonst etwas erzählt?"

Clariis blickt ihn an. „Was soll sie erzählt haben?"

„Ach, weiß nicht. Dachte ich hätte sie gestern Nacht rausgehen hören."

„Hat sie nicht erwähnt. Hier." Sie hält das Band mit dem eingebundenen Stein hoch.

„Soll ich ihn dir umhängen?"

Nickend dreht er sich mit dem Rücken zu ihr. Trotz des Gewands spürt er den kühlen

Stein auf der Brust. Clariis Finger streichen über seinen Nacken, als sie das Band

zubindet.

„Danke!", sagt er.

„Pass gut auf ihn auf, sonst haben wir kein Licht in der Dunkelheit. Ich sehe mal nach

Nariih." Nachdem sie aufgestanden ist, deutet sie auf den Tisch in der Mitte des Raums.

„Auf dem Teller sind noch Früchte und getrocknetes Fleisch. Wasser musst du dir

nebenan holen."

„Okay. Clariis?"

Vor der Tür bleibt sie stehen. „Was ist?"

„Vertrauen wir uns noch?"

„Klar", antwortet sie nach einigen Sekunden. „Bis später."

Maleeo blickt ihr hinterher, als sie hinausgeht.

Er sitzt im Schatten eines Hauses und beobachtet das Training von Clariis und Nariih auf

dem Platz im Zentrum der Siedlung. Mittlerweile sind sie seit drei Tagen hier, ohne dass

Wolken in Sicht sind.

„Nicht schlecht!", ruft Nariih, als Clariis einen Angriff von ihr geschickt mit der

Speerspitze zur Seite gelenkt und dann in einer flüssigen Bewegung mit dem stumpfen

Ende der Waffe gekontert hat.

„Danke! Aber lass uns mal ne Pause machen."

„Klar."

Sie legen die Speere ab und setzen sich zu Maleeo. Clariis nimmt den vor ihm stehenden, mit Wasser gefüllten Krug und trinkt, dann reicht sie ihn Nariih.

„Morgen Abend gibt es ein Fest", sagt Nariih, nachdem sie ebenfalls einige Schlucke genommen und das Gefäß wieder abgestellt hat.

„Zu welchem Anlass?", will Maleeo wissen.

„Wir verabschieden uns von meinem Vater. Mutter ist endlich bereit für die Zeremonie. Hoffentlich mögt ihr Trommelmusik und könnt tanzen!"

„Eine Feier statt einer Beerdigung?", fragt Clariis mit hochgezogenen Augenbrauen.

„Es ist unser Brauch, nach der Trauerrede die Seele des Verstorbenen durch unsere Fröhlichkeit zu bewahren. Sie vor Einsamkeit und Finsternis zu schützen."

Eine Weile schweigen sie, dann steht Nariih auf und blickt Clariis an. „Geht's weiter?"

„Ich brauche noch ein bisschen, glaube ich."

„Wie wär's mit dir?", fragt sie Maleeo.

„Wenn ich beim Messer bleiben kann." Er tippt an den Griff seiner Waffe.

„Klar. Aber vorsichtig! Alle Angriffe enden einige Zentimeter vorm Körper."

Sie gehen in die Mitte des Platzes. Nariih nimmt ihren Speer, Maleeo zieht sein Messer. Als er einen schnellen Vorstoß versuchen will, spürt er einen Luftzug am Rücken. Nariihs Haare werden leicht zurück geweht. Er blickt über die Schulter nach hinten, aber noch sind keine Wolken in Sicht.

„Endlich liegt etwas Bewegung in der Luft", sagt Nariih und macht einen Satz nach vorne.

Gerade noch rechtzeitig bemerkt Maleeo den Angriff und führt sein Messer zischend durch die Luft. Die Klinge trifft die steinerne Spitze des Speers und lenkt ihn zur Seite. Nachdem er einige Schritte zurückgegangen ist, beugt er leicht seine Knie.

„Wende den Blick nie vom Gegner ab!", ruft Nariih und hält ihre Waffe vor sich.

Er nickt und tänzelt nach rechts und links. „Werde es mir merken!"

***

Maleeo öffnet die Augen, als jemand gegen das Fenster klopft. Ein Mann steht dort mit violett schimmernder Haut, als würden sich darunter die leuchtenden Steine befinden.

Nariih setzt sich in ihrem Bett auf und nickt ihm zu. „Folge ihm. Er will dir etwas zeigen, glaube ich."

Zögernd steht Maleeo auf und tritt hinaus in die Nacht. Der Fremde ist bereits einige Meter entfernt. Maleeo geht ihm hinterher zum westlichen Rand der Siedlung und dem Gebirge dahinter. Zwischen Gesteinsbrocken erklimmen sie einen Berg, bis sie eine Höhle betreten. Immer tiefer dringen sie in den Berg vor, bis der Mann vor einem Loch im Boden stehen bleibt.

„Hier bin ich gestürzt", sagt er. „Etwas hat mich gerufen. Oder den Stein, den ich getragen habe."

„Dann sind Sie Nariihs Vater?", fragt Maleeo.

Die geisterhafte Erscheinung nickt, schwebt nach vorne und den Schacht hinab.

„Komm!", ruft sie, während sie sich weiter entfernt. „Es ist ein Traum, dir kann nichts passieren."

Maleeo tritt an den Rand des Öffnung und umschließt mit einer Hand das um seinen Hals hängendes Artefakt. Nachdem er tief Luft geholt hat, macht er einen Schritt.

Zunächst verbleibt er in der Luft, dann gleitet er in die Tiefe und erreicht nach mehreren

Minuten den Grund. Er folgt dem Gang vor ihm in eine hohe, kuppelförmige Kammer.

Nariihs Vater steht dort vor einem steinernen, leuchtenden Baum. Die Blätter

schimmern in mannigfaltigen Farben. Manche sind herabgefallen und liegen neben dem

Stamm.

„Was ist das hier?", will Maleeo wissen.

„Ich konnte es nicht herausfinden. Vielleicht kannst du es, aber jetzt musst du

aufwachen!"

Die Erscheinung von Nariihs Vater wird heller und blitzt grell auf. Licht durchflutet den

Raum. Maleeo schließt die Augen, taumelt rückwärts ...

***

... und fällt auf felsigen Boden. Langsam verblassen die Lichtflecken hinter seinen Lidern
und er öffnet sie blinzelnd.

Er ist nicht in Nariihs Haus, sondern in der Kammer mit dem seltsamen Baum.
Unerträglicher Gestank dringt in seine Nase. Nach einem Blick über die Schulter in den
hereinführenden Gang beginnt er zu würgen und hält sich eine Hand vor den Mund. Die
verwesenden Überreste von Nariihs Vater liegen dort, umgeben von unzähligen
leuchtenden Splittern des Artefakts, das beim Aufprall zersprungen ist.

Erst nach einigen Sekunden merkt Maleeo, dass ihn sein Verstand von dem grausigen
Anblick ablenken will, in dem er über den zersplitterten Stein nachdenkt. Sie sind nicht
unzerstörbar, wundert er sich. Aber dann macht es Sinn für ihn, als er an die unterirdische
Welt der Sandreisenden denkt. An die violetten Punkte, die dort durch die Luft schweben
und aus denen wohl die Artefakte entstehen. Alles beginnt und endet wieder, denkt er und
wendet sich dem Baum zu.

Er steht auf, geht zu dem steinernen Gewächs und streicht mit den Fingern über die glatten Formen. Sie sind genauso kühl wie die violetten Steine. Mit den Zehen stößt er an eins der heruntergefallenen Blätter und kniet sich hin. Sieben Stück in verschiedenen Farben liegen um den Stamm herum. Nachdem er sie aufgehoben hat, verstaut er sie in den beiden Taschen seines Gewands. Sie sind seltsam leicht dafür, dass sie aus Stein sind.

Dann geht er zur Wand der runden Kammer, in die Schriftzeichen der alten Völker graviert sind und sucht nach einem weiteren Ausgang, findet aber keinen. Bevor er den Gang mit der Leiche betritt, hält er sich die Nase zu und versucht den Kadaver nicht zu beachten. Die Splitter des Artefakts knirschen unter seinen Füßen, verletzen ihn aber nicht. Als er nach oben blickt, kann er einige Meter in den Schacht sehen, den Nariihs Vater hinab gestürzt ist. Die Wände haben kaum Vorsprünge, an denen er hochklettern könnte.

Er begibt sich zurück in die Kammer und sinkt vor dem Baum in die Knie. War es das jetzt?, fragt er sich. Seine Augen werden glasig. Wie bin ich hierhin gekommen, wenn es nur ein Traum war? Leere breitet sich in seinem Bewusstsein aus, aber dann kommt der Gedanke zurück: *Wie bin ich hierhin gekommen?*

Nachdem er sich auf den Rücken gelegt hat, umschließt er mit beiden Händen das Artefakt an seiner Brust. „Lass mich schlafen", flüstert er. „Bring mich zu Nariihs Vater." Mehrfach wiederholt er die Worte. Als er schon glaubt, dass nichts passiert, wird der Stein warm. Ein angenehmes Gefühl breitet sich in seinem Körper aus. Langsam sinkt er in die Tiefe, als wäre der Boden verschwunden. Dunkelheit umgibt ihn, aber sie macht ihm keine Angst. Er heißt sie willkommen, lässt sich von ihr davontragen …

***

... bis es um ihn herum wieder heller wird. Er sieht sich im Leuchten seines Artefakts und des Baums um. Nariihs Vater steht am Zugang der Höhle, in der seine Leiche liegt.

„Erinnere dich an diesen Ort, wenn es notwendig ist", sagt er. „Überall kann Leben entstehen. Bist du bereit?"

„Wofür?", fragt Maleeo.

„Weiterzumachen."

„Habe ich eine Wahl?"

„Es gibt viele Möglichkeiten, dem irdischen Leben zu entfliehen. Aber deine Zeit ist noch nicht gekommen. Du hast eine Aufgabe und jemand braucht dich."

„Dann bring mich zurück."

Wieder wird die geisterhafte Erscheinung heller und blendet ihn.

***

Blinzelnd öffnet er die Augen. Die Sonne scheint durch die Fenster herein. Er ist erleichtert, dahinter nur den blauen Himmel zu sehen, nicht Nariihs verstorbenen Vater. Als er sich aufrichtet, klimpert etwas in den Taschen seines Gewands. Vorsichtig greift er hinein und holt die sieben steinernen Blätter hervor. Genau wie sein violetter Stein haben sie im Tageslicht aufgehört zu leuchten. Wie können sie hier sein?, fragt er sich. Zugleich wundert es ihn nicht, so real wie er den Traum erlebt hat.

Nachdem er die Artefakte des Baums unter der Decke versteckt hat, steht er auf und geht hinaus. Ein leichter Wind weht ihm Sand um die Füße. Er blickt sich um und will Clariis suchen, da kommt sie ihm aus der Richtung des Siedlungszentrums entgegen. In der rechten Hand hält sie den Speer, den Nariih ihr geliehen hat.

„Alles in Ordnung?", fragt sie, als sie bei ihm ist.

„Ich hatte wieder einen Traum. Komm mit rein, ich zeige dir etwas."

Als sie wieder in Nariihs Haus sind, holt er die Blätter hervor, Clariis setzt sich, legt ein bläuliches Blatt auf ihre Handfläche und betrachtet es. „Sieht täuschend echt aus, als wäre es nicht aus Stein. Wo hast du sie her?"

Maelleo erzählt von seinem Traum und dass er glaubt, tatsächlich dort gewesen zu sein, wo Nariihs Vater gestorben ist. „Klingt verrückt, oder?", fragt er, als er fertig ist.

Eine Weile überlegt sie und streift mit den Fingern über die anderen Artefakte. „Weiß nicht. Wir haben auf unserer Reise schon viel gesehen. Vielleicht hilft uns die verbliebene Magie, unsere Aufgabe zu erfüllen. Deine Träume könnten ein Teil davon sein."

„Auf jeden Fall sollten wir die Blätter mitnehmen."

„Denke ich auch.. Aber wir erzählen niemandem davon, auch nicht Nariih. In Ordnung?"

Einige Sekunden blicken sie sich in die Augen, dann nickt Maleeo.

Clariis steht auf und sieht aus dem Fenster. Einzelne weiße Wolken ziehen am Himmel vorbei. „Der Wind wird stärker. Hoffentlich kann die Zeremonie heute Abend stattfinden."

In der Dämmerung erreichen sie das Zentrum der Siedlung. Nariihs Mutter steht auf einem hölzernen Podest in der Mitte des Platzes. Sie trägt ein schwarzes Tuch, das sie unter den Schultern zusammengebunden hat und ihr bis zu den Füßen reicht. Um sie herum sitzen die Einwohner, manche auf einem Hocker mit einer großen Trommel vor sich.

Maleeo und Clariis nehmen am Rand Platz. Nach einigen Minuten dreht sich Nariihs Mutter ein Mal um die eigene Achse und betrachtet dabei die Menge. Dann entrollt sie ein Pergament und beginnt Wörter in der Sprache der alten Völker vorzulesen. Zuerst langsam, dann schneller und lauter. Ein melodischer Rhythmus entsteht. Nach und nach setzen die Trommler ein, ergänzen den Fluss der Worte und treiben ihn an.

Vor den an den Platz grenzenden Häusern stehen steinerne Gefäße, gefüllt mit Holz und Gras. Ein alter Mann mit Feuersteinen geht sie nacheinander ab und entzündet sie, während die gesprochenen Worte und der Klang der Trommeln zu einer Einheit verschmelzen. Dann hält Nariihs Mutter inne und die Instrumente verstummen. Erneut betrachtet die alte Frau die Menschen ihres Stamms und wartet, bis sich ihr Atem beruhigt hat.

„Ein wertvolles Mitglied unserer Gemeinschaft ist von uns gegangen. Mein geliebter Mann, Nariihs Vater, euer Anführer. Das Schicksal hat ihn uns genommen und damit auch unser Licht für die Tiefen der Berge. Aber nach einer Tragödie folgt irgendwann immer etwas Gutes. Dank zwei Reisender haben wir einen neuen Stein." Sie hebt das um ihren Hals hängende Artefakt vors Gesicht. „Bewahren wir die Seele des Verstorbenen durch Musik und Tanz vor dem Vergessen und der Finsternis! Durch unsere Hoffnung und Fröhlichkeit, bis zum Morgengrauen!"

Die Noheeya klatschen und stehen auf. Erneut fangen die Trommler an zu spielen. Zunächst ein langsamer Rhythmus, der stetig schneller und alle paar Sekunden durch laute Schläge unterbrochen wird. Nariihs Mutter steigt vom Podest und beginnt zu tanzen, auch die Einwohner bewegen sich zu den Klängen.

Clariis und Maleeo gesellen sich dazu. Als nach einer Weile der Wind auffrischt und über die Dächer der runden Häuser rauscht, blickt er nach oben. Dunkle Wolken ziehen vor dem zunehmenden Halbmond vorbei. Der Klang der Trommeln, die tanzenden Menschen und die Feuer am Rand des Platzes lassen ihn sich wie nach dem Wein fühlen, den er mal heimlich aus dem Glas seines Vaters getrunken hat. Clariis kommt ganz nah an ihn heran und berührt seine Wange mit ihrer.

„Vertrauen wir uns?", flüstert sie in sein Ohr. „Gehen den weiteren Weg gemeinsam?"

Für einen Moment ist er durch ihre Nähe wie gelähmt, dann nickt er und legt seine

Hände an ihre Hüften. Gemeinsam lassen sie sich von der Musik mitziehen..

Er weiß nicht, wie viel Zeit vergangen ist, als in der Ferne Blitze die Dunkelheit

durchdringen. Wenig später grollt Donner zu ihnen. Die Menschen um ihn herum

reagieren nicht darauf, als wäre das aufkommende Gewitter ein Teil der Zeremonie.

Das Fest geht weiter, die Tänze werden ausgelassener. Feiernde bewegen und berühren

sich, geben und nehmen sich Nähe und Vertrauen. Einige Meter entfernt ist Nariih. Mit

geschlossenen Augen lässt sie ihren Körper von den Klängen der Trommeln und der Natur

führen. Bis in ein Haus am Rand des Platzes ein Blitz einschlägt. Das rote Gestein

leuchtet hell auf, kurz danach stoppt die Musik. Die Menschen blicken sich um, als wären

sie aus einem Traum erwacht.

„Bringt euch in Sicherheit!!", ruft Nariihs Mutter aus der Menge. „Schnell!"

Das Unwetter erhellt die Nacht, während die Einwohner in alle Richtungen vom Platz

drängen. Lauter Donner lässt den Boden vibrieren. Maleeo nimmt Clariis Hand, mit

schnellen Schritten eilen sie davon.

„Da ist Nariih!", sagt er und deutet nach vorne.

Die junge Noheeya geht an ihrem Zuhause vorbei und weiter zum östlichen Ende der

Siedlung.

„Nariih! Warte!", ruft Clariis.

„Vielleicht will sie zu dem Schiff", meint Maleeo.

Sie erreichen die Eingangstür. Maleeo will Nariih folgen, aber Clariis hält ihn fest.

"Bleib hier!", sagt sie und zuckt zusammen, als einige Meter entfernt eine Unterkunft

getroffen wird. Kurz danach beginnt es zu regnen, in Bindfäden strömt er auf sie herab.

„Es ist zu gefährlich! Wir müssen rein!"

Maleeo blickt mehrmals zwischen Clariis und dem Weg zum Rand der Siedlung hin und her. Dann betritt er mit ihr das Haus und schließt die Tür. Ihre nasse Kleidung tropft auf den Boden.. Clariis nimmt von einem Regal drei der Tücher, die Nariih und ihr Stamm als Kleidung tragen, und gibt Maleeo eins davon. Dann geht sie ins Nebenzimmer, um sich umzuziehen.

***

Er steht am Rand der Siedlung und blickt über die Wüste. Tiefhängende Wolken ziehen über ihn hinweg. Blitze zucken herab und lassen die Häuser hinter ihm hell aufleuchten, genauso das Schiff und die nach Osten führende Mauer.

Einige Meter entfernt tanzt Nariih im strömenden Regen. Sie wendet sich ihm zu, streckt die Arme zur Seite und lächelt.

„Was machst du hier?", ruft Maleeo gegen den Lärm der Natur an.

„Ich muss meinen Weg finden, genau wie du", antwortet sie. „Wohin auch immer er mich führt."

„Du könntest mit uns kommen!"

Sie überlegt eine Weile. „Nein, das wäre nicht richtig, glaube ich. Wenn es so sein soll, treffen wir uns irgendwann wieder. Pass auf dich auf!" Nachdem sie sich die nassen Haare aus dem Gesicht gestrichen hat, dreht sie sich um und läuft davon.

Bevor Maleeo noch etwas sagen kann, ist sie verschwunden, verschluckt vom nassen Vorhang. Er will sich abwenden und zurück zur Siedlung, da sieht er etwas im Sand. Als er sich nähert, erkennt er eins der weißen Bänder, die Nariih in den Haaren trägt. Für einen Moment überlegt er, es aufzuheben, aber dann dreht er sich um und eilt zurück zum Haus.

Clariis steht in der offenen Tür. „Wo warst du?", fragt sie und fixiert ihn mit ihrem

Blick. „Wir wollten zusammenbleiben."

Während er nach einer Antwort sucht, wird das Dach vom Blitz getroffen.

***

Maleeo schreckt hoch, genauso Clariis neben ihm. Wände und Decke leuchten auf, bevor

sie langsam wieder dunkler werden. Nachdem sich ihr Puls beruhigt hat, legen sie sich

wieder zurück. Clariis lehnt ihren Kopf an seine Schulter.

„Hoffentlich hört es bald auf", sagt sie.

„Bestimmt. Danach können wir endlich weiter."

Nach einer Stunde lässt der Regen nach, wenig später auch Blitze und Donner. Als die

ersten Sonnenstrahlen in den Raum fallen, ist sich Maleeo nicht sicher, ob er nach seinem

Traum noch mal geschlafen hat. Jemand klopft an die Tür, kurz danach tritt Nariihs

Mutter ein und setzt sich auf das leere Bett ihrer Tochter.

„Ist sie wieder aufgetaucht?", fragt Maleeo und richtet sich auf.

„Nein", antwortet die Stammesführerin mit trockener Stimme. Sie trägt noch das

schwarze Tuch von der Zeremonie. „Die ganze Nacht habe ich versucht sie zu finden, ein

Suchtrupp ist nun in den Bergen unterwegs. Bitte bringt sie zurück, wenn ihr sie auf eurer

Reise findet!"

„Natürlich", antwortet er.

„Ihr solltet bald aufbrechen. Bei der Stärke des Gewitters wird die Bahn mehrere Tage

funktionieren, aber ich möchte kein Risiko eingehen." Sie steht auf und geht zur Tür. „Ich

warte am Schiff. Esst und trinkt vorher noch etwas."

Sie tragen wieder ihre eigene Kleidung, als sie den Rand der Siedlung erreichen. Die sieben steinernen Blätter klimpern in Maleeos Taschen. Clariis hat den Speer dabei, mit dem sie trainiert hat.

„Kommt rauf!", ruft Nariihs Mutter vom Deck des Schiffs.

Der Mittelteil des Gefährts schwebt einige Zentimeter über der in die Ferne führende Mauer, als würde sich dort ein durch die Blitze entstandenes Energiefeld befinden,. Am äußeren Rumpf, der auf beiden Seiten erst einen halben Meter über dem Boden endet, sind mehrere fußbreite Vorsprünge. Maleeo klettert darauf an Bord und greift den Speer, den ihm Clariis von unten entgegenhält.

Dann folgt sie ihm und nimmt die Waffe wieder an sich. „Darf ich den Speer behalten?", fragt sie „Nariih sagte -"

„Ich weiß", unterbricht die alte Frau. „Du warst für sie eine Freundin, also gehört er dir. Unter Deck sind Nahrung und Wasser für drei bis vier Tage. Außerdem Tücher zum Schutz vor Sonne und Sand."

„Danke!", sagt Maleeo und blickt sich um. „Wie steuern wir das Schiff?"

Nariihs Mutter geht zum Bug und zeigt auf einen steinernen Stab, der aus einem Spalt im Boden ragt. „Ganz einfach. Drückt den Hebel in die Richtung, in die ihr wollt. Haltet euch fest, wenn sich das Schiff neigt, es beschleunigt kurz danach."

„Mehr nicht?", fragt Clariis.

„Nein, ihr werdet damit zurechtkommen. Am Ende der Strecke stoppt es von alleine. Es ist ein langer Weg, einmal müsst ihr übernachten..Gegen Nachmittag durchquert ihr eine Schlucht, am besten bleibt ihr dort im Schatten bis zum nächsten Morgen. Weiter kann ich euch nicht helfen, mein Volk und ich haben das Gebiet hinter der Felsebene nicht erkundet. Aber wenn ihr weiter nach Osten geht, werdet ihr wohl irgendwann die

Turmstadt erreichen. "

„Wir schaffen das schon", meint Maleeo. „Danke für alles!"

„Bitte haltet nach Nariih Ausschau. Und hütet euch nachts vor den Squantibb! Bleibt

vom Boden weg und verhüllt das Licht deines Steins. Es könnte sie anlocken."

„Machen wir!"

Nariihs Mutter umarmt zuerst Clarris, dann Maleeo und klettert von Deck. Kurz darauf

zieht Clariis die Luke zum Laderaum auf und holt zwei Tücher hervor. Eins davon reicht

sie Maleeo, sie binden sie sich um den Kopf.

„Bereit?", fragt er, während er zum Bug geht.

„Ja", antwortet sie und greift mit beiden Händen die Reling.

„Denkt daran, das Schiff wieder zurückzuschicken!", ruft Nariihs Mutter, während sie

sich rückwärtsgehend entfernt.

Maleeo nickt und sieht zum Horizont. Die rote Wüste ruht unter dem wolkenlosen

Himmel, als hätte es das Unwetter nie gegeben. Einige Meter entfernt entdeckt er etwas

Weißes aus dem Sand hervorkommen und denkt an das Band, das Nariih in seinem Traum

verloren hat, bevor sie durch den Regen davongelaufen ist. Auch diesmal entscheidet er,

es nicht zu beachten und drückt gegen den Stab. Als das Schiff vibriert und sich nach

vorne neigt, hält er sich ebenfalls fest.

Endlich geht es weiter, denkt er und lächelt, als das Gefährt beschleunigt und er den

Fahrtwind spürt.

Sie sitzen mit dem Rücken an die Reling gelehnt. Immer wieder kommen kurze Windböen

auf und wirbeln den Sand einige Meter hoch durch die Luft.

„Nirgendwo eine Spur von Nariih", meint Maleeo, nachdem sie fast drei Stunden

unterwegs sind„ „Lass uns eine Pause machen." Er steht auf und zieht den Steuerungsstab auf die Mittelposition.

Einige Sekunden rauschen die flachen Dünen weiter an ihnen vorbei, dann wird das Schiff langsamer und bleibt stehen.

Auch Clariis erhebt sich und blickt die steinerne Mauer entlang zum östlichen Horizont. „Die Welt der alten Völker muss faszinierend gewesen sein, wenn sie so etwas bauen konnten."

„Vielleicht erleben wir noch mehr davon, wenn es stimmt, dass die Menschen in der Turmstadt mit ihrem Wissen experimentieren."

„Ich bin nicht sicher, ob ich das möchte. Denk an die Vision im Friedhofsfelsen!"

„Dennoch müssen wir weiter. Ich hole uns was zu essen."

Als er mit einem Korb und Wasserschlauch zurückkommt, deutet Clariis nach Norden.

„Sieh mal!", sagt sie.

Maleeo stellt die Sachen ab und folgt ihrem Blick. Etwa einen Kilometer entfernt ragen Mauern aus dem Sand. „Sieht aus wie Ruinen einer Siedlung. Waren die eben schon hier?"

Sie zuckt mit den Schultern. „Wahrscheinlich haben wir nur nicht in diese Richtung gesehen."

„Wir könnten hingehen, vielleicht finden wir dort etwas", schlägt er vor und denkt an die steinernen Blätter, die er unter Deck im Laderaum abgelegt hat.

„Ich weiß nicht", antwortet sie und betrachtet die Mauerreste. Nur noch wenige lassen das Aussehen der zerfallenen Häuser erkennen. „Kann mir nicht vorstellen, dass dort noch was ist. Die Noheeya werden oft hier vorbeigekommen sein und haben bestimmt schon alles brauchbare mitgenommen."

„Vielleicht essen wir erst mal was und entscheiden dann?"

„Hört sich gut an!", sagt sie lächelnd und setzt sich vor den Korb mit Früchten und Brot.

Nachdem sie fertig sind, steht Maleeo auf und blickt nach Norden. „Hey, sieh dir das an!",

sagt er.

„Was ist?" Clariis kommt neben ihn und hält sich bei dem Anblick an der Reling fest.

Die Ruinen sind nur noch gut zweihundert Meter entfernt. „Wie … wie ist das möglich?"

„Vielleicht hat es mit den Squantibb unter dem Sand zu tun? Können sie Teile der Wüste

bewegen?"

„Weiß nicht. Lass uns besser weiter, mir gefällt das nicht!"

Maleeo überlegt eine Weile und berührt den violetten Stein. Das Artefakt scheint

wärmer geworden zu sein. Oder meint er es nur durch seine von der Sonne erhitzte Haut?

Schließlich nickt er. „Ja, ist wohl besser."

Als Clariis zu dem steinernen Stab geht, bringt Maleeo den Korb und Wasserschlauch

wieder in den Laderaum. Danach schließt er die Luke und will ihr sagen, dass es losgehen

kann. Aber sie ist nicht da. Irritiert blickt er sich um.

„Clariis?", ruft er, ohne eine Antwort zu bekommen. Nur das leise Rauschen des Windes

dringt an seine Ohren. Dann entdeckt er sie, aber nicht an Deck, sondern zwischen den

Ruinen. Sie läuft davon und verschwindet hinter einer Mauer. „Was machst du? Komm

zurück!", schreit er, klettert von Bord und eilt nach Norden

Nachdem er einige Meter zurückgelegt hat, erblickt er sie erneut, weiter entfernt, als sie

ein noch fast intaktes, zweistöckiges Haus betritt. So schnell er kann rennt er in das

Gebäude. Entlang der Innenwand führt eine Treppe hinauf. Bis zur oberen Etage erklimmt

er sie und geht schnell atmend durch die staubigen Räume, aber niemand ist dort.

Zurück an der Treppe blickt er durch einen Riss in der Mauer nach Süden und umgreift

dabei das um seinen Hals hängende Artefakt. Wärme strömt durch seinen Körper. Mit

geschlossenen Augen versucht er Clariis in Gedanken zu erreichen. Er bekommt keine

Antwort, glaubt aber, ihr Bewusstsein auf dem Schiff zu spüren. Ihre Angst und die Frage, wo er ist, ob sie ihn in den Ruinen suchen soll.

Was passiert hier?, fragt er sich. Wer oder was hat ihn hierhin gelockt? Als er die Lider wieder öffnet, ist das Gefährt und die Mauer weiter weg als zuvor. Der Abstand wird größer, als würde die Ruinenstadt davon weggezogen.

„Nein!", schreit Maleeo, rennt hinunter und durch den Sand nach Süden.

Das Schiff ist bereits einen halben Kilometer entfernt. In seiner Verzweiflung ignoriert er die schmerzenden Beine und spurtet weiter, bis sein Körper zu zittern beginnt. Er stolpert und fällt hin. Tränen laufen seine Wangen hinab, als ihm klar wird, dass er den Kampf gegen die Wüste verliert. Mit verschwommenem Blick sieht er zum Horizont, erkennt aber nur noch die verlassene Wüste.

Irgendwann findet er die Kraft aufzustehen. Mit dem Handrücken wischt er sich über die Augen und betrachtet die Umgebung. Um die Ruinen erstreckt sich in alle Richtungen die rote Wüste. Noch nie hat er sie so eben gesehen, als hätte sie jemand glattgestrichen.

Alles wirkt dunkler als zuvor. Er legt den Kopf in den Nacken, eine graue Schicht bedeckt den Himmel wie eine einzige, endlose Wolke. Es ist windstill, nur sein Atem und das leise Knirschen des grobkörnigen Sands unter den Füßen dringt an seine Ohren, als er zwischen den Mauerresten nach einem Lebenszeichen sucht. Menschliche Knochen ragen aus dem Boden, die bei seiner Ankunft noch nicht da waren. Fast wäre er auf einen Brustkorb getreten, dessen Rippen nur ein kleines Stück aus dem Sand ragen.

Erneut betritt er das zweistöckige Haus und durchsucht die Räume. „Ist hier jemand?", ruft er, als er wieder vor dem Riss in der Wand steht, durch den er zuvor das Schiff gesehen hat. „Wie komme ich zurück?" Niemand antwortet, nur seine eigene Stimme hallt von dem Gemäuer wider.

Er berührt den violetten Stein und versucht in Gedanken Clariis zu erreichen. Diesmal nimmt er noch nicht mal ihr Bewusstsein wahr, aber dafür etwas anderes, fremdartiges, nicht weit entfernt.

„Zeig dich!", ruft er, nachdem er wieder runtergegangen und ins Freie getreten ist. „Zeig dich endlich!"

Als er schon glaubt, dass nichts passiert, vibriert einige Meter vor ihm der Boden. Sandkörner schweben durch die Luft, wirbeln einige Sekunden umher und formen eine Gestalt. Der Körper eines alten Mannes entsteht, mit langen Haaren und Bart, sein Gesicht von Falten durchzogen.

„Wer … wer bist du?", fragt Maleeo.

Der Sandgolem betrachtet ihn eine Weile. „Das sollte ich dich fragen. Oder besser, wohin du willst?" Seine Stimme knistert wie verbrennendes Holz.

„Ich bin auf dem Weg zu der Wand im Osten."

„Warum?"

„Die Unwetter werden immer schlimmer, zerstören unsere Siedlungen. Vielleicht kann ich die Ursache finden, etwas dagegen tun."

„Du willst deine Heimat beschützen. Diejenigen, die dir wichtig sind."

„Ja", antwortet Maleeo.

„Jede Welt verändert sich irgendwann. Vielleicht solltest du es akzeptieren?"

„Nicht, solange es Hoffnung gibt."

„Die gibt es solange, wie du an ihr festhältst", antwortet der Golem und deutet auf das Artefakt an Maleeos Brust „Gib mir den Stein!"

„Warum?"

„Ich will deine Gedanken kennen. Deine Einstellung." Die Erscheinung streckt ihm eine Hand entgegen.

„Woher weiß ich, dass ich dir trauen kann?" Maleeos Blick wandert zu einem nicht weit entfernt liegenden Schädel. Aus dunklen Augenhöhlen scheint er den bedeckten Himmel zu betrachten.

„Du wirst keine Wahl haben. Ohne mich kommst du nicht zurück."

„Wo sind wir?"

„Weit im Norden, jenseits allen Lebens. Nun gib mir den Stein!"

Zögernd streift Maleeo das Band mit dem Artefakt ab und legt es auf die Handfläche aus Sand, die sich kurz danach darum schließt.

Violettes Licht breitet sich in dem Golem aus, während sein Körper größer wird. „Du bist verlässlich, die Menschen vertrauen", sagt er nach einer Weile. „Aber du hast begonnen, deinen eigenen Weg zu gehen, hast deine Eltern und Freunde zurückgelassen."

Maleeo nickt.

„Jemand ist bei dir. Jemand, der dir wichtig ist."

„Ja, Clariis. Hast du uns absichtlich getrennt?"

Der Golem lacht. „Wer weiß schon, was Absicht ist und was nicht. Du trägst viel Verantwortung, nicht nur für dich selbst. Sei vorsichtig! Immer wieder überschreiten Menschen die Grenzen der Vernunft. Gleichgewichte werden gestört, Gesetze der Natur verletzt. Oder es entstehen Wesen wie ich, die es nicht geben sollte."

Einen Moment zögert Maleeo, dann sagt er: „Tut mir leid, wenn andere dir etwas angetan haben."

Die Erscheinung senkt den Kopf. „Das ist eine andere Geschichte. Du scheinst zu denjenigen zu gehören, die bewahren wollen, anstatt zu zerstören. Aber irgendwann wirst auch du auf die Probe gestellt. Erkenne schon vorher die Folgen deines Handelns!"

„Ich … versuche es."

„Das hoffe ich! Denk an meine Worte, wenn du deine Reise fortsetzt. Ich bringe dich zurück." Der Golem öffnet die Faust und gibt den Stein frei.

Kurz nachdem Maleeo das Artefakt an sich genommen hat, fällt die Gestalt aus Sand in

sich zusammen.

Er geht zum südlichen Rand der zerfallenen Siedlung. Nach einigen Minuten frischt der

Wind auf. In der hellgrauen Schicht am Himmel entstehen Risse, bis nur noch vereinzelte,

kleine Wolken übrigbleiben. Als ihm die Sonne ins Gesicht strahlt, schließt er die Augen.

Seine Haare werden zurückgeweht, immer stärker, bis es irgendwann weniger wird.

Eine Stimme erreicht ihn. *„Maleeo! Ich bin hier!"* Als er Lider öffnet, ist das steinerne

Schiff nur noch gut hundert Meter entfernt. Clariis steht an Bord und winkt, dann klettert

sie runter und läuft auf ihn zu, genauso wie er auf sie. Mit Tränen in den Augen umarmen

sie sich.

„Was ist passiert?", fragt sie. „Plötzlich habe ich dich nicht mehr gesehen oder gehört!"

„Da war ein Wesen aus Sand ..." Maleeo löst sich von ihr. „In den Ruinen war etwas,

das anscheinend von Menschen erschaffen wurde, vielleicht schon vor langer Zeit.

Irgendwie hat es mich von dir getrennt."

„Was wollte es von dir?"

„Ich bin nicht sicher. Lass uns zurück aufs Schiff, dann erzähle ich dir alles in Ruhe.

Brauche dringend Wasser und was zu essen. Wie lange war ich weg?"

„Ungefähr eine Stunde, glaube ich. Komm!" Sie greift seine Hand, gemeinsam gehen

sie zurück und klettern an Bord. „Setz dich vor die Reling in den Schatten, ich hole die

Sachen aus dem Laderaum."

Nachdem sie einen Wasserschlauch und Korb vor ihm abgestellt hat, trinkt er einige

Schlucke und beginnt zu essen. Auch Clariis nimmt sich Trockenfleisch und Brot. Als sie fertig sind, erzählt Maleeo von dem Sandgolem.

„Wir sollten vorsichtig sein bei allem, was noch kommt", meint Clariis. „Anscheinend erwartet das Wesen für unseren Weg nicht nur Gutes."

„Denke ich auch", sagt Maleeo und will aufstehen, um die Lebensmittel wieder unter Deck zu bringen.

Clariis ist schneller, drückt ihn wieder runter und streicht ihm die Haare zurück. „Lass dir Zeit und ruh dich erst mal aus."

„Danke."

„Wofür?"

„Dass du da bist." Maleeo streicht über ihre Wange .

Sie blicken sich in die Augen. Er spürt ihren Atem, als sie sich seinem Mund nähert. Bemerkt ihr Zittern an seinen Fingern. Ihre Lippen berühren und öffnen sich. Während sich ihre Zungen umschließen, strömt ihre Wärme zu ihm. Kurz weicht sie zurück, bevor sie sich an ihn drückt und erneut küsst.

Irgendwann löst sie sich von ihm und lächelt, genau wie er. Schweigend sehen sie sich an, als würde ein Wort das Geschehene ungeschehen machen. Dann steht Clariis auf und bringt Korb und Wasserschlauch unter Deck. Auch Maleeo erhebt sich und geht zum Bug.

Als Clariis von hinten ihre Arme um ihn und den Kopf auf seine Schulter legt, setzt er das Schiff in Bewegung.

„Weiter geht's!", flüstert sie ihm ins Ohr.

Er nickt. Gemeinsam genießen sie den kühlenden Wind .

Sie passieren weitere verfallene Siedlungen. Wie Knochen von Kadavern ragen sie aus dem Boden.

„Wo die Menschen wohl sind?", überlegt Clariis.

„Vielleicht haben sie ihr Glück in der Turmstadt gesucht, dort auf ein einfacheres Leben

gehofft. Hier scheint es außer der Wüste nichts zu geben."

Am späten Nachmittag kommt die Schlucht in Sicht, von der Nariihs Mutter gesprochen

hat. Zwischen zwei Bergen aus rötlichem Gestein schlängelt sie sich hindurch. Beide

haben eine fast rechteckige Form. Die Mauer unter dem Schiff neigt sich leicht abwärts.

Maleeo und Clariis stützen sich an der Reling ab, bis die Strecke nach einigen Minuten im

Schatten der Felsen wieder eben wird.

„Lass uns anhalten", sagt Clariis. Ihre Stimme hallt von den Wänden wider.

Maleeo zieht den steinernen Stab zurück, kurz danach wird das Gefährt langsamer und

kommt zum Stehen. Sie blicken sich um. Die Felswände führen senkrecht hinauf und sind

von Rissen durchzogen, manche zwei bis drei Meter breit.

„Vielleicht können wir dort übernachten", schlägt Maleeo vor und zeigt auf eine

Öffnung hinter dem Schiff, die nicht weit über dem Boden beginnt.

„Lass uns nachsehen."

Nacheinander klettern sie von Bord. Der Sand und kleine Steine knirschen unter ihren

Füßen. Clariis hebt den Speer auf, den sie zuvor vom Deck hat fallen lassen.

Vorsichtig setzt Maleeo einen Fuß auf einen schmalen Vorsprung, drückt sich hoch und

stützt sich am unteren Rand des Spalts ab. „Sieht gut aus!", ruft er und klettert hinein.

„Scheint weit in den Berg zu führen." Er setzt sich hin und lehnt sich nach vorne, um

Clariis hinaufzuhelfen.

„Warte", sagt sie und geht zurück zum Schiff. „Ich hole einen Korb und Schlauch."

Der Stein an Maleeos Brust beginnt zu leuchten, als sie in die Höhle gehen und sich nach

einigen Metern an der Felswand hinsetzen. Ein leichter, stetiger Luftzug weht von draußen herein. Nachdem sie gegessen und getrunken haben, lehnt sich Clariis an ihn.

„Vielleicht sollten wir noch weiter hinein, bevor es dunkel wird", meint Maleeo nach einigen Minuten. „Clariis?", fragt er, als sie nicht reagiert. Dann bemerkt er durch ihren ruhigen Atem, dass sie bereits eingeschlafen ist.

Langsam löst er sich von ihr, legt sie auf die Seite und faltet das Tuch, mit dem die Lebensmittel bedeckt waren, um es vorsichtig unter ihren Kopf zu schieben. Er gibt ihr einen Kuss auf die Wange, steht auf und folgt der Höhle ins Innere. Nach einigen Minuten wird der Gang so schmal, dass er sich seitlich hindurchzwängen muss, bis er eine Kammer erreicht. Deren Form erinnert ihn an die Kontur der Berge, zwischen denen sich die Schlucht hindurchschlängelt.

An einer Wand schimmern die violetten Linien einer Malerei. Sie zeigt mehrere Kreise und etwas, das ein Schiff sein könnte. Vom Deck führt eine zu einem Dreieck werdende Linie nach oben. Links und rechts davon sind geschwungene Striche. Maleeo betrachtet es eine Weile, dann sieht er sich weiter um. Im hinteren Teil des Raums ist ein Loch im Boden mit einem Durchmesser von etwa einem Meter. Er hält sein Ohr daran, aber keine Geräusche dringen daraus hervor.

Als er wieder zurückgehen will, fliegt etwas in die Kammer. Überrascht erkennt er einen Vogel. Manchmal hat er welche in dem Hochtal von Clariis Stamm gesehen, nur ist dieser hier deutlich kleiner. Seine Federn haben die gleiche rötliche Färbung wie der Wüstensand. Das Tier landet auf einem Vorsprung im oberen Teil der Kammer und betrachtet ihn aus dunklen Augen.

Für einen Moment bekommt Maleeo Gänsehaut. „Hey, wo kommst du denn her?", fragt er und streckt eine Hand aus.

Der Vogel neigt den Kopf zur Seite, zwitschert mehrmals und fliegt wieder hinaus.

Maleeo blickt ihm hinterher, dann denkt er an Clariis und eilt zu ihr zurück. Er will sie fragen, ob sie den Eindringling bemerkt hat, aber sie schläft noch. Leise setzt er sich neben sie.

Die Dämmerung hat begonnen, als sie erneut etwas essen und trinken.

„Vielleicht möchte dein Vogel auch was", meint Clariis lächelnd und isst den letzten Bissen eines Stück Brots.

„Hey, er war wirklich da!" Maleeo nimmt einen Schluck aus dem Wasserschlauch und reicht ihn ihr

„Schon klar!" Auch sie trinkt, verschließt den Schlauch wieder und legt ihn neben sich ab. „Was ist das?", fragt sie und deutet zum Ausgang. Rötliches Licht scheint vom Boden der Schlucht herauf.

Sie stehen auf und gehen zum Höhlenausgang. Das Leuchten dringt aus dem Sand hervor. Darunter erkennen sie Bewegungen, unzählige längliche Formen wuseln umher.

„Die Squantibb", sagt Maleeo. „Sie warten auf die Dunkelheit."

„Lass uns weiter ins Innere! Ich möchte diesen Dingern nicht begegnen, was auch immer sie sind."

Mit Korb, Wasserschlauch und Speer gehen sie bis zu der Stelle, an der die Höhle schmaler wird. Maleeo erinnert sich an den Hinweis von Nariihs Mutter, das Licht des Steins zu verhüllen. Nachdem sie die Sachen abgestellt haben, steckt er ihn in die Tasche seines Gewands. Nur noch ein schwacher Schein dringt durch den Stoff.

Er legt sich auf den Rücken, Clariis kommt neben ihn und greift seine Hand.

„Hier sind wir sicher", sagt er.

„Hoffentlich."

***

Etwas stört die Stille und rieselt nicht weit entfernt auf den Boden. Vielleicht Sand, denkt Maleeo und öffnet die Augen, aber es bleibt finster. Instinktiv tastet er nach seinem Artefakt, kann es jedoch nicht finden.

„Du bist zu unvorsichtig", sagt jemand neben ihm.

Maleeo zuckt zusammen, als er die knisternde Stimme des Sandgolems erkennt.

„Zuerst bei den Ruinen, jetzt hier", fährt die Erscheinung fort. Violetter Schein erhellt die Höhle, als sie die Faust öffnet und den Stein vor sich hält. Kurz danach fliegt der kleine Vogel herbei und landet auf seiner Schulter.

„Gib ihn mir!", ruft Maleeo.

„Du wirst ihn dir holen müssen", antwortet der Golem und lacht. Hinter ihm nähert sich rotes Licht. Schwarze Formen bewegen sich darin. „Beeil dich besser!"

***

Schwitzend schreckt Maleeo hoch. Wie in seinem Traum ist er von Schwärze umgeben. Er tastet nach dem Artefakt, aber es ist weg.

„Was ist passiert?", fragt Clariis neben ihm und setzt sich auf. „Warum ist es dunkel?"

„Jemand hat den Stein gestohlen. Oder etwas. Warte!" Aus der Richtung des Höhleneingangs sieht er ganz schwach den violetten Schein. „Nimm deinen Speer", sagt er, steht auf und zieht sein Messer. Leise geht er dem Leuchten entgegen.

Clariis folgt ihm, ihre Waffe vor sich haltend.

Als sie eine Biegung passieren, sehen sie das Artefakt einige Meter vom Eingang entfernt. Der kleine Vogel hat das Band im Schnabel, in das der Stein eingebunden ist und zieht ihn rückwärts staksend mit sich. Als das Tier sie bemerkt, flattert es mit den Flügeln und beeilt sich, mit seiner Beute zum Rand der Höhle zu kommen. Zu dem roten Leuchten dahinter.

„Was … was macht er?", flüstert Clariis.

„Er zeigt seinen Freunden, dass es hier was zu essen gibt, befürchte ich."

Der Vogel bleibt neben dem Artefakt sitzen und blickt zu Maleeo und Clariis. Erst als die Squantibb die Felskante erreichen, fliegt er davon.

Schwarze, längliche Kreaturen krabbeln in die Höhle. Unzählige dünne Beine kommen aus ihren Seiten hervor. Der kleine Kopf hat menschenähnliche Züge mit schmalen Augen, Nasenlöchern und einem Mund, der sich öffnet und schließt, als würden die Wesen bereits auf etwas kauen. Spitze Zähne knirschen aneinander. Aus der Schädeldecke ragen lange Fühler und tasten über den Boden. Die Rückenpanzer sind bedeckt mit rot leuchtenden Auswüchsen, wie Geschwüre einer Krankheit.

„Weg hier!", sagt Clariis mit zitternder Stimme und greift Maleeo am Ellbogen.

„Warte! Wir brauchen den Stein."

„In der Kammer haben wir durch das Bild genügend Licht. Komm!"

Er sieht kurz zu ihr, dann wieder nach vorne. Einige Squantibb tummeln sich um das Artefakt, aber die meisten kommen auf sie zu.

„Vielleicht ist er morgen früh nicht mehr da." Maleeo hält sein Messer fest umklammert, als ihn eine Kreatur fast erreicht hat. Das Geschöpf bleibt stehen, hebt die Fühler vom Boden und streckt sie nach vorne. Instinktiv geht Maleeo ihr entgegen, lässt die Klinge durch die Luft zischen und durchtrennt einige der Tastorgane. Hellrotes Blut läuft aus den verbliebenen Stummeln. Das Wesen gibt einen schrillen Schrei von sich und weicht zurück.

Die anderen Squantibb krabbeln zu dem Verletzen und umzingeln ihn, bis dieser nicht mehr entkommen kann. Dann beißen sie zu, trennen seine Beine ab, durchbrechen mit ihren Zähnen den Panzer und den Kopf.

„Versuch mit dem Speer an den Stein zu kommen!", ruft Maleeo und löst sich von dem grausigen Anblick. Mit schnellen Angriffen verletzt er weitere Kreaturen. ·

Clariis eilt zur Höhlenwand, während die meisten Kreaturen dabei sind, ihre verletzten Artgenossen zu töten und essen. Eine vor ihr drückt sie mit dem Speer zurück. Als das Wesen danach fauchend auf sie zukommt, stößt sie ihr die steinerne Spitze ins Maul. Röchelnd und zuckend bleibt sie liegen.

Fast hat sie den Stein erreicht. Ein Squantibb befindet sich darauf, dennoch zieht sie mit ihrer Waffe das Band mit dem Artefakt zu sich.

Maleeo kommt zu ihr, sticht der Kreatur in den Kopf und wirft den leblosen Körper in den auf dem Boden krabbelnden Albtraum. Dann nimmt er den Stein, greift Clariis Hand und läuft mit ihr ins Innere der Höhle. Als sie ihre Sachen erreichen, hebt er den Wasserschlauch auf.

„Was ist mit dem Korb?", fragt sie nach Luft holend.

„Der Gang wird dafür zu schmal!"

Sie flüchten weiter, bis sie sich seitlich zwischen dem Gestein in den Raum dahinter zwängen.

Maleeo sitzt gegenüber dem Eingang zur Kammer. Der Stein liegt hinter seinem Rücken und erhellt einen Teil der Wand. Während er Wache hält, schläft Clariis neben ihm.

Hätten sie uns angegriffen, wenn wir ruhig geblieben wären?, fragt er sich, als er die toten Squantibb betrachtet, die ihnen hierhin gefolgt sind. Oder wenn wir direkt weggelaufen wären? Orientieren sie sich nur an Licht und Geräuschen? Insgesamt elf kamen durch den schmalen Gang, bevor Clariis und er sie getötet haben.

Immer wieder entgleiten ihm in seiner Erschöpfung die Gedanken. Sein Kopf sinkt auf die Brust, bis er sich wieder aufrichtet und versucht wach zu bleiben. Als er Clariis wecken will, um ihr die Wache zu übergeben, hört er von weiter links leises Tippeln. Er blickt dorthin und bemerkt schwaches rötliches Licht, das aus dem Loch im Boden scheint. Die daraus dringenden Geräusche kommen näher.

„Clariis!", flüstert er und stupst ihre Schulter an. Erst als er es fester wiederholt, richtet sie sich auf und sieht sich verschlafen um.

„Was ist?", fragt sie.

„Die Squantibb! Sie krabbeln durch einen Tunnel zu uns, glaube ich." Maleeo nimmt sein neben ihm liegendes Messer, drückt sich hoch und nähert sich der Öffnung.

Vor Müdigkeit schwankend steht Clariis auf, greift ihren Speer und geht neben ihn.

„Schei0e!" Nur noch wenige Meter sind die auf sie zukommenden Kreaturen entfernt.

Sie hebt ihre Waffe, wartet ... und sticht einem Squantibb, der in Reichweite kommt, in den Kopf. Blut sprudelt hervor, während das Wesen in die Tiefe fällt. Das nächste erwischt sie am Rückenpanzer, knirschend dringt die steinerne Spitze ein. Als sie den Speer zurückzieht, bleibt der Angreifer zuckend daran hängen.

Maleeo tötet ihn mit dem Messer, dann drückt er die Kreatur von Clariis Waffe und sieht sie im Inneren des Berges verschwinden, aus dem unzählige weitere auf sie zukommen.

Nicht lange und sie schaffen es nicht mehr, die Wüstenbewohner zurückzudrängen.

„Der Stein!", ruft Clariis.

„Was meinst du?" Stöhnend tritt er einen Squantibb zurück in den Schacht und ersticht einen weiteren, der gerade daraus hervorgekommen ist.

„Wirf ihn hinein! Das Licht wird sie unten halten."

„Aber wir brauchen ihn!"

Er blickt zu ihr, bemerkt ihren sicheren und entschlossenen Blick. Als sie ermutigend nickt, springt er zur Seite, hebt das Artefakt auf und eilt wieder zum Loch. Seine Hand zittert, aber als er die unzähligen Wesen betrachtet, die sich wie ein einziges albtraumhaftes Geschöpf auf sie zu bewegen, weiß er, dass es ihre einzige Chance ist.

„Mach es!", drängt Clariis.

Schnell führt er den Stein über die Öffnung und lässt ihn fallen. Der violette Schein verdrängt für einen Moment das Leuchten der Kreaturen, bevor er in der Tiefe verschwindet. Weiter unten beginnen die Squantibb, dem Licht folgend den Schacht hinab zu krabbeln. Die anderen strömen weiter in die Kammer, angezogen von der Wandmalerei.

Maleeos Klinge zischt auf die Kreaturen nieder, Clariis Speerspitze durchbohrt ihre länglichen Körper. Dennoch werden sie weiter zurückgedrängt. Erst als sie mit dem Rücken gegen eine Wand stoßen, können sie die letzten Angreifer töten.

„Alles in Ordnung?", fragt Maleeo, nachdem er wieder zu Atem gekommen ist.

„Denke schon!"

Unzählige regungslose Körper liegen in Blutlachen über den Boden verteilt. Mit achtsamen Schritten gehen sie zurück zu ihrem Schlafplatz und legen die Waffen ab. Maleeo hebt den Wasserschlauch auf und reicht ihn Clariis.

„Danke", sagt sie, nimmt einige Schlucke und gibt ihn zurück.

Als er ebenfalls trinken will, bemerkt er hinter ihr eine Bewegung. Ein blutender Squnatibb zieht sich mit den Fühlern nach vorne, dann hebt er sie in die Luft und öffnet sein Maul zu einem röchelnden Fauchen.

„Pass auf!", ruft Maleeo und will Clariis zu sich ziehen.

Bevor er sie greifen kann, stoßen die Fühler hinab und durchbohren ihren Fuß. Ihr Aufschrei hallt durch die Kammer. Maleeo lässt sich auf die Knie fallen, nimmt sein Messer und tötet die Kreatur mit mehreren Stichen. Aus dem Schlauch lässt er Wasser über die Wunden laufen, während Clariis wimmernd zu Boden sinkt

Er hält ihre zitternde Hand. „Wir müssen die Verletzungen verbinden!.Ich versuche den

Korb zu finden und das Tuch mitzubringen. In Ordnung?"

Sie nickt und wischt sich mit dem Handrücken über die tränenden Augen.

Erst nachdem er die Körper der Squantibb abgegangen ist und jedem in den Kopf

gestochen hat, verlässt er die Kammer.

Zum wiederholten Mal in dieser Nacht tastet er sich durch die Finsternis. Endlich sieht er

Sonnenlicht. Am Höhleneingang enthüllen die ersten Strahlen des neuen Tages die

Schrecken der vergangenen Stunden. Auch im Hellen wirken die leblosen Körper ihrer

Angreifer nicht weniger bedrohlich.

Achtsam geht Maleeo zwischen ihnen hindurch, bereit, bei einer Bewegung mit dem

Messer zuzustechen. Er erreicht das Ende der Höhle und blickt hinab. Der Sand in der

Schlucht ist aufgewühlt, aber keine der Kreaturen ist zu sehen. Bis zur nächsten

Dunkelheit sind sie wieder unter der Oberfläche verschwunden.

„Wir können zurück!", sagt Maleeo, als er wieder bei Clariis ist.

Vorsichtig steht sie auf und stützt sich an der Wand ab. „Hoffentlich hat mich das Vieh

nicht vergiftet!"

Er betrachtet das Tuch um ihren Fuß. Rote Flecken haben sich darauf ausgebreitet, aber

die Blutungen scheinen aufgehört zu haben. „Bestimmt geht es dir an der frischen Luft

direkt besser. Kannst du gehen?"

„Denke schon."

„Warte!" Maleeo hebt den Wasserschlauch und Speer auf.

Clariis greift ihre Waffe und benutzt sie als Gehhilfe.

Schritt für Schritt tasten sie sich durch die Finsternis. Tränen laufen Clariis Wangen hinab, als sie das Sonnenlicht erreichen. „Endlich raus hier!", sagt sie und lächelt.

Auf dem Weg zum Ausgang kommen sie an den zerfransten Resten des Korbes vorbei, von den Lebensmitteln fehlt jede Spur. Maleeo klettert nach unten, nimmt Schlauch und Speer entgegen und hilft ihr, aus der Höhle zu kommen.

„Was macht dein Fuß?", fragt er, als sie zum Schiff gehen.

„Im Moment fühlt er sich taub an."

Er blickt zu ihr. Erst jetzt fällt ihm auf, wie bleich sie ist.

Nachdem er wieder an Bord ist und Clariis hinaufgeholfen hat, bringt Maleeo den fast leeren Schlauch unter Deck und holt den anderen, außerdem Tücher und den zweiten Korb mit Lebensmitteln. Schweigend essen sie im Schatten der Schlucht.

„Lass mich mal sehen", sagt er, als sie fertig sind.

Vorsichtig nimmt er den Verband ab und betrachtet die Einstiche, über denen sich eine Kruste gebildet hat. Dunkelrote Linien treten davon ausgehend bis zum Knöchel hervor. Erneut lässt er Wasser über ihren Fuß laufen, dann nimmt er ein frisches Tuch und verbindet ihn wieder.

„Hoffentlich kommt mein Körper damit klar." Mit glasigen Augen lehnt sie sich an die Reling.

„Das wird er", beruhigt Maleeo sie und streichelt über ihren Arm. „Sollen wir wieder zurück? Nach Hilfe bei Nariihs Mutter suchen?"

Clariis überlegt einen Moment und schüttelt den Kopf. „Wir wissen nicht, ob sie oder ihr Stamm mir helfen können. In der Turmstadt habe ich bestimmt bessere Chancen."

„Wahrscheinlich." Maleeo blickt nach oben. Es ist windstill, vereinzelte Schleierwolken hängen regungslos am Himmel. Nachdem er die Sachen wieder unter Deck gebracht hat, geht er zum Bug und greift den steinernen Stab. „Bereit?", fragt er.

„Ja, Herr Kapitän!", antwortet sie und bemüht sich um ein Lächeln.

Sie verlassen die Schlucht und erreichen wieder die bis zum Horizont reichende, rote Wüste. Nach einer Weile kommen sie an schmalen, aus dem Sand ragenden Felsen vorbei. Die Form mancher erinnert Maleeo an Schriftzeichen der alten Völker.

Gerade erst haben sie erneut gegessen und getrunken, da wird das Schiff unter der Mittagssonne von alleine langsamer. Maleeo blickt in Fahrtrichtung. Nicht weit entfernt endet die Mauer, auf der sich das Schiff bewegt, an einem rechteckigen Gesteinsblock. Der Steuerungsstab wechselt auf die Mittelposition, kurz danach halten sie an.

Er kniet sich vor Clariis, die sich auf den Rücken gelegt und das Hosenbein über ihrem verletzten Fuß hochgezogen hat. Bis zum Knie haben sich die roten Linien ausgebreitet.

„Kannst du weiter?", fragt er.

„Denke schon, jetzt gibt es eh kein Zurück mehr." Stöhnend lässt sie sich von Maleeo aufhelfen, dann nimmt sie ihren Speer und stützt sich darauf.

„Wir werden Hilfe für dich finden. Ich klettere zuerst runter. Reich mir den Schlauch und Korb, danach helfe ich dir von Bord."

„Mach ich. Vorher ziehe ich die Steuerung nach Westen."

Sie blicken dem Schiff hinterher, bis es auf dem Rückweg zu den Noheeya nicht mehr zu sehen ist. Zu Fuß setzen sie ihren Weg fort. Nicht weit hinter dem Ende der Mauer kommt hellroter Fels aus dem Sand. Er ist genauso glatt wie die Häuser von Nariihs Stamm, dennoch nicht rutschig unter ihren Füßen, als sie darauf eine Steigung hinaufgehen. Nach einigen Metern wird sie flacher und zu einer Ebene, die sich nach Norden, Süden und Osten bis zum Horizont erstreckt. Gesteinsbrocken in allen erdenklichen Größen liegen darauf.

Um eine Schulter hat Maleeo den Wasserschlauch hängen, um die andere den Korb. Clariis geht neben ihm mit dem Speer als Stütze. Sie kommen an Felsspalten vorbei, die bis tief unter die Erde reichen. Bei jeder Gelegenheit bleiben sie im Schatten der Felsbrocken, bis sie nach einer Stunde bei einem fast drei Meter hohen Pause machen.

„Von den Früchten sind nicht mehr viele genießbar", sagt Maleeo, als er das Tuch vom Korb nimmt.

„In den Spalten wächst etwas, glaube ich", meint Clariis mit trockener Stimme und trinkt aus dem Schlauch. „Vielleicht können wir es essen."

Eine Weile schweigen sie und verzehren das, was noch möglich ist.

„Wenn das hier unsere Aufgabe ist, werden wir den Weg über die Ebene schaffen." Er legt eine Hand auf ihre Stirn. „Wie fühlst du dich?"

„Erschöpft." Sie leckt sich über die Lippen. „Ähnlich wie bei der Grippe, die ich als Kind hatte."

„Halte durch, wir schaffen das!"

Mit einem Mundwinkel deutet sie ein Lächeln an. „Bestimmt."

Noch nicht lange haben sie sich wieder auf den Weg gemacht, da stolpert Clariis. Maleeo hält sie und nimmt sie in den Arm.

„Tut mir leid!", schluchzt sie. „Ich kann nicht mehr weiter bei der Hitze."

„Alles in Ordnung, ich bin bei dir. Wir finden einen Platz, an dem wir ausruhen können."

Er stützt sie, während sie langsam weitergehen. Nachdem sie einige Felsspalten passiert haben, erreichen sie eine, die mehrere Meter lang und etwa drei breit ist. An einer Stelle finden sie genügend Vorsprünge, um hineinzuklettern und in den Schatten zu kommen.

Die gegenüberliegende Wand wird von der Sonne beschienen. An ihr sind weiter unten große Blätter aus Rissen hervorgewachsen. An manchen Stellen sehen sie aus, als hätte jemand Stücke herausgerissen. Oder gebissen.

„Ich klettere jeweils ein Stück und helfe dir dann", sagt Maleeo.

Clariis nickt. „Lass das Essen hier oben. Die Sachen sind dahin, nachher locken wir damit noch etwas an."

Einen Moment zögert er, dann legt er den Korb ab und beginnt den Abstieg.

Fast vier Meter sind sie unter der Oberfläche. Clariis hat sich auf dem breiten Vorsprung hingelegt und ist in einen unruhigen Schlaf gefallen. Ihre Augenlider zucken, manchmal auch die Hände.

Maleeo sitzt mit dem Rücken an die Felswand gelehnt, eine Hand liegt auf dem noch zur Hälfte gefüllte Wasserschlauch neben ihm. Leise hört er das Rauschen des Windes und blickt nach oben. Keine Wolke ist zu sehen, alles wirkt friedlich. Vielleicht bereitet sich die Natur auf das nächste Unwetter vor, denkt er. Dann gibt er Clariis einen Kuss auf die Stirn und legt sich neben sie.

Ein Luftzug streicht über sein Gesicht, nur ganz leicht, wie ein warmer Atem.

„Halte deine Augen geschlossen, sonst verliere ich dich", sagt eine weibliche Stimme.

Fast hätte Maleeo sie vor Schreck dennoch geöffnet. „Wer bist du?", fragt er und bleibt ruhig liegen.

Als er schon glaubt, sich die Worte nur eingebildet zu haben, bekommt er eine Antwort.

„Ein Teil der Turmstadt."

„Was meinst du?"

Wieder eine Pause. „Wir haben etwas gerufen. Die Stadt ist nun ein Ort des Lebens.

Alles hier ist das Leben."

Maleeo bekommt Gänsehaut, als er an die geisterhaften Erscheinungen im Friedhofsfelsen denkt. An die Vernichtung, die sie gezeigt haben. „Wie heißt du?", will er von der Fremden wissen.

„Mein Name begann mit einem H, glaube ich. Aber seit der Veränderung ist er nicht mehr wichtig. Niemand existiert hier alleine, alles wird eins." Nach einer Weile fügt sie hinzu: „Deiner Freundin geht es nicht gut."

„Woher … woher weißt du das?"

„Durch die Veränderung ist alles voller Möglichkeiten! Ich habe euch gespürt, euren Wunsch, hierhin zu kommen. Weit habt ihr es nicht mehr, ein Fußmarsch von einem halben Tag, wenn ihr euch beeilt."

„Ich weiß nicht, ob Clariis das noch schafft", sagt Maleeo. „Sie wurde von einem Squantibb vergiftet."

„Noch ist sie nicht verloren. Die Blätter an der gegenüberliegenden Wand, du musst sie holen! Trinkt den Saft, der aus den Stängeln tropft, dann esst sie."

„Werden sie uns helfen?"

„Ja, sie geben euch Kraft, lenken euch von den Schmerzen ab." Die Stimme der Frau wird leiser.

„Warte!", ruft er. „Müssen wir weiter nach Osten, oder in eine andere Richtung?"

„Folgt mir, ihr werdet mich erkennen. Beeilt euch!"

„Was meintest du mit Veränderung? Was ist bei euch passiert?"

Er bekommt keine Antwort mehr und öffnet die Augen. Es ist bereits Abend..Die Dämmerung hat begonnen.

Clariis hat sich neben ihm auf die Seite gedreht. Ihr Gesicht ist noch bleicher als zuvor.

Maleeo richtet sich auf und blickt zu den Gewächsen auf der anderen Seite der Felsspalte, dann nach rechts die Wand entlang. Es scheint ihm möglich, dort zu klettern, auch wenn manche Vorsprünge sehr schmal sind. Clariis wäre für hierfür geübter, aber es ist seine Aufgabe.

Nachdem er ihr über die Wange gestreichelt hat, steht er auf. Noch ist die Sicht gut genug, aber er muss sich beeilen. Mit achtsamen Bewegungen tastet er sich am Gestein entlang. Trotz der glatten Oberfläche rutscht seine Haut nicht ab, genau wie oben in der Felsebene. Als er den Blättern näher kommt, führt er seinen linken Fuß auf eine Stelle, auf der nur die Zehen Platz finden. So gerade kann er sich über seinem Kopf mit den Fingerspitzen festhalten. Trotz der kühlen Abendluft beginnt er zu schwitzen, dennoch schafft er es, sich weiter vorzuarbeiten. Ein Vorsprung, auf dem er normal stehen könnte, ist nicht mehr weit entfernt.

„Maleeo?", ruft Clariis hinter ihm mit heiserer Stimme. „Wo bist … Was machst du?"

Mehrere Gedanken schießen ihm gleichzeitig durch den Kopf. Dass er weiter muss, bevor ihn die Kraft verlässt. Dass Clariis ohne ihn verloren ist. Er bei ihr sein und sie beruhigen möchte. Bevor es ihm bewusst wird, blickt er über die Schulter zu ihr. Dabei verliert er mit einem Fuß den Halt. Seine Hände verkrampfen, die nun das meiste seines Gewichts halten. Schmerzen breiten sich über die Arme bis zu den Schultern aus.

Sein anderes Bein beginnt zu zittern, während er versucht, den abgerutschten Fuß wieder aufzusetzen. Immer stärker spürt er den Schweiß an den Fingern, lange wird er sich nicht mehr halten können. Als er Clarris hinter sich schluchzen hört, schließt er für einen Moment die Augen und versucht ruhig zu atmen. Endlich gelingt es ihm, mit dem Zehenballen wieder einen Vorsprung zu finden. Regungslos verharrt er mit rasendem

Herzschlag, bis sich sein Puls etwas beruhigt hat. Dann tastet er sich vorsichtig weiter, bis er die Gewächse erreicht. Auf dem Felssims darunter kann er wieder normal stehen.

„Tut mir leid", sagt Clarris. „Du warst nicht mehr neben mir, ich wusste nicht …"

„Warte, bis ich wieder bei dir bin", antwortet er und dreht sich zu ihr. „Dann erzähle ich dir alles."

Sie nickt und setzt sich hin.

Mit dem Handrücken wischt sich Maleeo über die Augen und wendet sich den Blättern zu. Im mittleren Bereich haben sie eine Breite von fast einem halben Meter, aber zum Stängel hin laufen sie schmal zusammen. Er greift eins an der Stelle, an der es in einem Riss im Fels verschwindet. Erst als er fester zieht, löst es sich und er kann es herausziehen. Hellgrüne Flüssigkeit tropft aus der entstandenen Öffnung. Schnell hält er es senkrecht und klemmt es zwischen die Beine, bevor er drei weitere abtrennt. Als er die Gewächse in seinen Gürtel steckt, dringt aus manchen etwas von dem Pflanzensaft und verfärbt sein Gewand.

Bevor er den Rückweg antritt, wandert sein Blick mehrmals über die Vorsprünge, an denen er klettern kann. Besonders die Stelle, an der er zuvor abgerutscht ist, prägt er sich genau ein.

„Sei vorsichtig!", ruft Clariis von der anderen Seite.

Maleeo nickt und tastet sich am Fels entlang. Schon bevor er die gefährliche Stelle erreicht, beschleunigt sein Puls. Achtsam setzt er seine Füße weiter, fühlt mit den Händen nach ausreichend Halt. Schritt für Schritt wagt er sich voran, bis er die größeren Vorsprünge erreicht und tief durchatmet.

Vorsichtig legt er die letzten Meter zurück, zieht die Blätter aus dem Gürtel und lehnt sie mit der Öffnung nach oben an die Wand. Dann lässt er sich erschöpft neben Clariis auf den Boden sinken.

„Du hast Fieber", sagt Maleeo, nachdem er Clariis eine Hand auf die Stirn gelegt hat.

„Was wolltest du mir erzählen?", fragt sie mit glasigen Augen auf dem Rücken liegend.

„Jemand hat mit mir gesprochen. Es war kein Traum, glaube ich. Eine Frau aus der Turmstadt konnte mich erreichen, ohne hier zu sein. Anscheinend haben sie dort etwas freigesetzt, das ihnen solche Fähigkeiten verleiht."

„Hat ..." Sie hustet mehrmals. „Hat sie dir gesagt, die Blätter zu holen?"

„Ja, die Frau meinte, sie würden uns Kraft geben."

Clariis richtet sich auf. „Lass es mich zuerst versuchen. Wenn mir etwas passiert, kannst du noch immer alleine weiter."

„Sag das nicht ..."

„Aber so ist es", antwortet sie und streckt eine Hand aus.

Zögernd greift er ein Blatt und gibt es ihr. „Trink zuerst den Saft, dann versuch es zu essen."

„Das ganze?" Mit hochgezogenen Augenbrauen betrachtet sie das große Gewächs.

„Hat sie gesagt."

„Na dann." Sie setzt die Öffnung des abgerissenen Stängels an die Lippen und trinkt.

„Schmeckt süßlich", sagt sie nach einem Schluck und wartet einige Sekunden, bevor sie den Inhalt vollständig leert und ein Stücke aus dem Blatt beißt.

„Und?", fragt Maleeo nach einer Weile.

„Bisher merke ich nichts, scheint aber nicht giftig zu sein."

„Hoffentlich hast du recht", sagt er und nimmt sich ebenfalls ein Blatt.

Es ist fast dunkel, als Maleeo leises Gekrächze aus der Tiefe der Felsspalte hört. Er steht auf und stützt sich an der Wand ab, bis der Schwindel nachlässt, Dabei spürt er, wie sich etwas in seinem Körper ausbreitet. Etwas, das ihn beruhigt, aber auch eine Kraft gibt, wie er sie bisher nicht kannte.

„Clariis!", ruft er.

„Was ist?", fragt sie, richtet sich auf und öffnet die Lider. Ihre Regenbogenhäute schimmern hellgrün.

„Deine Augen ...", sagt Maleeo.

„Deine auch! Was ist passiert?"

„Beweg dich etwas, dann spürst du die Wirkung der Blätter."

Sie drückt sich hoch, fällt aber wieder zurück auf den Boden. Beim zweiten Mal schafft sie es mit Maleeos Hilfe, auf die Füße zu kommen. Nicht lange und sie lächelt, dann umarmt sie ihn. „Habe ich mich schon mal so lebendig gefühlt?"

Er spürt den festen Druck ihrer Hände am Rücken, als erneut Geräusche zu ihnen dringen. „Wir müssen hier raus, irgendetwas ist da unten!" Nachdem er sich von ihr gelöst hat, lehnt er sich zur Seite und sieht hinab, aber die Finsternis zwischen den Wänden verhüllt, was auch immer dort ist.

Clariis nickt und atmet tief durch. „Okay, dann weg hier!" Mit geschickten Bewegungen beginnt sie zu klettern und erklimmt den Fels bis zur Oberfläche.

Maleeo folgt ihr. Bei jedem Griff spürt er die neu gewonnene Energie. Oben streckt ihm Clariis eine Hand entgegen und hilft ihm hinaus, dann hebt sie den Speer auf, den sie vor einigen Stunden dort abgelegt hat.

„Die Frau aus der Turmstadt sagte, sie würde uns führen." Maleeo blickt sich um.

„Vielleicht gehen wir schon mal los und -" Sie hält inne, als ein Luftzug aus der Felsspalte strömt. Etwas nähert sich. Das Krächzen aus der Tiefe wird lauter, begleitet vom Flattern unzähliger Flügelschläge.

Instinktiv weichen Maleeo und Clariis zurück. Schon nach wenigen Schritten dringt eine schwarze Wolke hervor, bestehend aus unzähligen vogelähnlichen Wesen. Mehrere

schmale Flügel ragen aus ihren länglichen Körpern. Die kurzen Beine enden in gebogenen

Krallen. Senkrecht steigen sie zum Himmel und breiten sich vor dem zunehmenden

Halbmond aus. Weitere Schwärme kommen aus mehreren Richtungen hinzu.

Clariis greift Maleeos Hand. „Wir müssen hier weg!", ruft sie.

„Warte!"

Das Gekrächze über ihnen verstummt. Wie eine Einheit fliegen die Kreaturen weiter

nach oben, bis sie nicht mehr zu sehen sind.

„Wo wollen sie hin?"

„Vielleicht halten sie nach Nahrung Ausschau oder -" Maleeo dreht sich um, als er

hinter sich etwas hört. Auf der anderen Seite der Felsspalte landet eines der

vogelähnlichen Wesen. Die Augen leuchten in dem gleichen Grün wie seine und die von

Clariis. Nach einer Weile erhebt es sich in die Luft, kreist mehrmals über ihnen und gleitet

dann nach Osten. „Bestimmt ist es die Frau", meint er. „Wir müssen ihr folgen!"

Clariis nickt. Gemeinsam rennen sie hinterher.

Immer wieder fliegt das Wesen in einem Bogen zu ihnen zurück, so dass sie in der

Dunkelheit den hellgrün leuchtenden Augen folgen können.

Nach fast einer Stunde knirscht heller Sand unter ihren Füßen. Immer mehr davon

bedeckt die Felsebene, bis sie wieder in einer Wüste sind, die sie an ihre Heimat erinnert.

Lachend laufen sie über das Auf und Ab der Dünen.

„Warte!", ruft Maleeo, als Clariis immer weiter enteilt.

Noch spürt er die Energie, die ihm das Blatt aus der Felsspalte gegeben hat, aber sie

lässt nach. Clariis hat drei von den Gewächsen verzehrt, deswegen hat sie trotz ihrer

Vergiftung noch so viel Kraft, glaubt er und versucht schneller zu werden.

„Wir müssen weiter!", antwortet sie ohne anzuhalten.

So laut er kann ruft er weiter nach ihr, bis er sie in der Dunkelheit nicht mehr sehen kann. Seine Beine beginnen zu zittern, kaum noch kommt er gegen die Erschöpfung an. Vor einem fast drei Meter in die Höhe ragenden Fels bleibt er stehen und sinkt auf die Knie.

„Clariis!", versucht er es erneut, aber aus seinem Mund kommt nur noch ein trockenes Krächzen.

Bevor er sich hinlegt und der Müdigkeit ergibt, blickt er zum Himmel. Nirgendwo entdeckt er das vogelähnliche Wesen. Es hat ihn zurückgelassen, genau wie Clariis.

Der aufkommende Wind weht ihm Sand ins Gesicht. Schützend hält er sich die Hände vor die Augen und öffnet sie. Er liegt in dem Schatten, den der Fels durch die aufgehende Sonne wirft. Nirgendwo entdeckt er eine Spur von Clariis oder der vogelähnlichen Kreatur.

Aber vor ihm liegt etwas, ein Holzkästchen. Stöhnend richtet er sich auf, greift es und legt ein Ohr an den Deckel. Als er nichts darunter hört, nimmt er ihn ab. Einige Früchte sind darin sowie ein Blatt, das denen aus der Felsspalte ähnlich sieht, nur ist es kleiner. Außerdem ein tönernes Gefäß, dessen Öffnung mit einem Pflanzenstängel verschlossen ist.

Er riecht an den Lebensmitteln. Sein Hunger und Durst sind jedoch so groß, dass er sie selbst stinkend verzehrt hätte. Zuerst trinkt er von dem Wasser aus dem Gefäß, dann verschlingt er die Früchte und das Blatt.

An einem Vorsprung über sich zieht er sich hoch und sieht nach Westen. Der Anblick der hellen Wüste beruhigt ihn, als wäre er seiner Heimat nah. Immer wieder wühlen Windböen den Sand auf. Seine und Clariis Fußspuren sind verschwunden,

Nachdem er den Rest des Wassers getrunken hat, geht er um den Felsen herum und weiter nach Osten. Als er erkennt, was dort am Horizont in die Höhe ragt, stützt er sich an dem Gestein ab. Eine gewaltige Säule, die sich weit hinauf zum Himmel streckt. Darauf stehen Türme, auf die Entfernung sehen sie aus wie Kinderspielzeug. Die meisten sind im oberen Teil in sich zusammengefallen. Grüne Gewächse bedecken sie und die Spitze der Säule.

Maleeo denkt an die Worte der Frau, die in der Felsspalte zu ihm gesprochen hat. *Wir haben etwas gerufen. Die Stadt ist nun ein Ort des Lebens. Alles hier ist das Leben.* Langsam löst er sich aus dem Staunen und macht sich auf den Weg.

Je näher er der Turmstadt kommt, umso bewusster wird ihm das Ausmaß. Die Säule, auf der sie gebaut wurde, ist ungefähr einen halben Kilometer breit, schätzt Maleeo, Ihr helles Gestein schimmert, als wäre es von Wassertropfen bedeckt, die das Sonnenlicht reflektieren. Am Sockel sind im Abstand von gut hundert Metern halbkreisförmige Öffnungen, die ins Innere des Bauwerks führen. Fast bis zu den Schleierwolken scheint es in die Höhe zu ragen.

Ist das hier tatsächlich von Menschen erschaffen worden?, fragt er sich. Warum wollen sie dort oben leben, fernab der Wüste?

Als er die Säule erreicht, legt er eine Hand daran. Die Oberfläche ist kühl und uneben. Beim genaueren Hinsehen bemerkt er, dass sie aus kleinen, runden Steinen besteht. Für einen Moment hat er den Eindruck, als wären diese in Bewegung, obwohl die Außenwand massiv aussieht. Als seine Sicht zu verschwimmen beginnt, wendet er den Blick ab.

„Clariis?", ruft er mehrmals, ohne eine Antwort zu bekommen.

Er geht nach links, bis er eine der Öffnungen erreicht und dem Gang dahinter folgt. Violette Steine sind in die Wände eingefasst, deren Schein genügend Licht spendet. Nicht lange und er erreicht eine rechteckige Kammer. Auch sie ist in das Licht der Artefakte

getaucht. Eine rechteckige Platte kommt in der Mitte des Raums einige Zentimeter aus

dem Boden hervor. In der Decke darüber führt ein Schacht nach oben. Nur in der Größe

eines Sandkorns erkennt er an dessen Ende das Blau des Himmels.

Zögernd begibt er sich zu der Erhebung und steigt darauf. Nach einigen Sekunden

beginnt sie zu vibrieren, kurz danach bewegt sie sich nach oben. Maleeo sieht hinab. Er

steht auf einer Säule, die ihn an die Oberfläche hebt. Als er in den Schacht gelangt, richtet

er in der Dunkelheit den Blick auf das Tageslicht weit über ihm.

Maleeo erreicht die Turmstadt, blinzelnd gewöhnt er sich an die Helligkeit. Nachdem er

von der Plattform getreten ist, fährt sie wieder nach unten..Ein steinerner Hebel ragt neben

der entstandenen Öffnung hervor und bewegt sich von der Position ganz rechts langsam

nach links, je weiter sich die Säule entfernt.

In der kühlen Luft atmet er tief durch und sieht sich um. Er ist nicht weit vom Rand der

Säule entfernt. Der Boden ist bedeckt von grünem, weichen Belag. Sträucher und bunte

Blumen kommen daraus hervor, umschwirrt von Insekten, die ihn an das Hochtal von

Clariis Stamm erinnern. In Richtung des Mittelpunkts der Stadt ragen die Türme in die

Höhe. Um sie herum ist etwas gewachsen, das für Maleeo wie die Tentakel der

Sandreisenden aussieht. Die Gewächse haben sich um die Gemäuer geschlängelt und

einige im oberen Teil zum Einsturz gebracht. Als wollten sie die Bauwerke einreißen, um

diesen Ort zu ihrem eigenen zu machen.

Welche Fähigkeiten die Menschen hier haben, denkt Maleeo, als er die noch intakten

Fenster aus buntem Glas betrachtet. Nachdem er sich eine Weile staunend umgesehen hat,

nähert er sich dem Abgrund. Davor sind einige Vögel, mehr als einen Meter groß, ihre

Federn und das Fell weiß und hellgrau. Weit unter ihnen erstreckt sich die Wüste, die am

Horizont in die Felsebene übergeht.

„Clariis?", ruft Maleeo.

„Hier", antwortet eine weibliche Stimme. Es ist nicht die von Clariis, dennoch kommt sie ihm bekannt vor.

Über eine Wiese geht er in Richtung der Fremden. Mannigfaltige Gewächse kommen aus ihr hervor. Erst als die Frau erneut „Hier" sagt, findet er sie. Ihr auf dem Rücken liegender Körper ist nicht nur von Pflanzen umgeben, sie sind auch aus ihrer Haut gewachsen. Genauso in sie hinein. Ranken haben sich neben ihr aus dem Boden geschlängelt und verschwinden in Ohren und Nasenlöchern. Ihre Haut und Augen schimmern hellgrün.

„Was … was ist hier passiert?", fragt Maleeo.

„Ich sagte es dir schon in der Felsspalte. Wir haben die Stadt zu einem Ort des Lebens gemacht. Alle hier gehören dazu, niemand existiert mehr alleine. Früher mussten wir in die Wüste und darunter, um Nahrung zu finden. Jetzt haben wir alles in der Stadt, was wir brauchen."

Erst nach einigen Sekunden findet er die nächsten Worte. „Was habt ihr erweckt?"

Die Frau lächelt. „Eine Erschafferin. Die alten Völker nannten sie Litiaah. Erst als die Magie schwächer wurde und damit ihre Macht, begann die Welt zu vertrocknen. Alles geriet aus dem Gleichgewicht und die Wüstenmeere entstanden."

„Sind sie gestorben, die Litiaah?"

„Manche Wesen sterben nicht, sondern warten auf das nächste Zeitalter."

„Wo ist Clariis?", will er wissen. „Die anderen Einwohner?"

„Die Meisten sind in den Türmen zu einem Teil der Natur geworden. Deine Freundin wird von einem Baum am Leben gehalten. Du darfst sie nicht von ihm trennen, sonst tötet sie das Gift des Squantibb. Geh über die Wiese und vorbei an dem Turm dahinter, dort findest du sie."

„Warum hast du uns hierhin geholt?"

„Auch ich versuche Leben zu erhalten. Nun geh und entscheide, ob ihr bleibt."

Einen Moment zögert er, aus Angst, was er finden wird. Dann denkt er an Clariis, stellt sich ihr Lachen vor und macht sich auf den Weg.

Darauf bedacht, nicht die Pflanzen zu zertreten, geht er in Richtung des Turms. Rechts von ihm ist der Abgrund, die Vögel davor beobachten ihn. Hat einer von ihnen ihm das Holzkästchen in die Wüste gebracht? Auf Anweisung der im Gras liegenden Frau?

Bevor er das Ende der Wiese erreicht, kommt er an zwei weiteren Menschen vorbei, einem Mann und einem Mädchen. Beide haben die Augen geschlossen, auch aus ihnen sind Pflanzen herausgewachsen. Sind sie freiwillig eine Verbindung mit der Natur eingegangen, oder hat die Natur sie sich genommen?, fragt sich Maleeo.

Er geht um den Turm herum. Der obere Teil ist zerstört, Bruchstücke des Gesteins bedecken den weichen Boden. Einige Meter dahinter sieht er einen Baum, aber keine Spur von Clariis. Sie muss auf der anderen Seite sein. Mit langsamen Schritten nähert er sich dem Gewächs und berührt den Stamm, der gut drei Meter in die Höhe ragt. Unter seiner Handfläche fühlt er sich warm und pulsierend an, wie ein lebendes Wesen. Grüne und gelbe Blätter bedecken die Äste darüber, dazwischen entdeckt er die Früchte, die ihm in dem Kästchen gebracht wurden.

Nachdem er tief durchgeatmet hat, wagt er sich weiter. Stöhnend zuckt er zusammen, als er Clariis findet. Sie steht an den Baum gelehnt. Über ihr haben sich die Zweige runtergebogen und um ihren Körper geschlungen, halten ihn aufrecht. Zwei verschwinden in ihrer Nase. Zögernd geht Maleeo zu ihr und wäre dabei fast auf den Speer getreten, der vor ihr liegt.

„Clariis?", fragt er mit zitternder Stimme. Erst als er ihr über die Wange streichelt, öffnet sie die Augen.

„Maleeo." Ihr Gesicht wirkt friedlich, sie deutet ein Lächeln an. „Bleib bei mir! Hier kann uns nichts passieren."

Seine Augen werden glasig. „Aber unsere Reise ist noch nicht zu Ende."

„Dann musst du alleine weiter und mir davon erzählen."

Eine Weile legt er seine Stirn an ihre, während Tränen seine Wangen hinablaufen. „So kann es nicht enden", flüstert er, geht einen Schritt zurück und sieht sich um. Einige Früchte und Blätter sind auf den Boden gefallen. Bei deren Anblick denkt er an die Artefakte, die er noch immer in den Taschen seines Gewands mit sich trägt.

„Du hast sie noch", sagt Clariis, als er sie hervorholt. Sie will eine Hand ausstrecken, aber die Äste halten sie zurück.

„Vielleicht können sie dir helfen."

„Bestimmt kann dieser Ort auch ihnen zu neuem Leben verhelfen."

Maleeo kniet sich hin und steckt die sieben steinernen Blätter so tief wie möglich in den weichen Grund. „Ich bin bald wieder bei dir", sagt er und steht auf. „Vielleicht finde ich etwas gegen das Gift."

Sie nickt und schließt die Lider.

Mit dem Handrücken wischt er sich über die Augen. Er möchte sie umarmen, bei ihr bleiben, ihre Nähe spüren. Gleichzeitig will er sie nicht leiden sehen und wendet sich ab, um ins Innere der Stadt zu gehen.

Je weiter er sich vorarbeitet, umso höher und dichter werden die Sträucher und Bäume. Nachdem er sich zwischen mehreren Gewächsen hindurchgezwängt hat, findet er dahinter etwas, das er zuerst für einen kleinen Turm hält. Aber das Bauwerk hat keine Fenster und aus der Außenwand kommen etwa eineinhalb Meter über dem Boden runde Ausbuchtungen hervor, über denen sich steinerne Hebel befinden. Vorsichtig berührt er einen davon und zieht ihn nach links. Kurz danach läuft Wasser heraus, anscheinend ist es ein Auffangbecken für Regen.

Maleeo kniet sich hin und trinkt, dann lässt er sich das Wasser über den Kopf laufen, wäscht sein Gesicht und die Hände. Danach verschließt er die Öffnung wieder und legt sich für einen Moment erschöpft auf den Rücken, spürt dabei die belebende, kühle Höhenluft.

Bis er wieder an Clariis denkt, die nur noch durch einen Baum am Leben gehalten wird. Hastig steht er auf und eilt weiter.

Wo soll ich hier nach etwas suchen?, fragt er sich und betrachtet die Türme links und rechts von ihm. Wie stumme Wächter scheinen sie ihn zu beobachten.

Nach einigen Minuten erreicht er im Zentrum der Stadt einen runden Platz, in dessen Mitte ein flaches Haus steht. Um es herum wachsen ausschließlich kleine Blumen, als würde die Unterkunft alles andere von sich fernhalten. Ein Stab aus violettem Gestein ragt aus dem Dach einige Meter in die Höhe.

Maleeo sieht keine Tür und geht an den Mauern entlang. Auf der anderen Seite findet er eine Vertiefung in der Größe einer Tür. An ihr ist ein Griff befestigt, er drückt und zerrt daran, bis er merkt, dass es eine Pforte ist, die sich zur Seite aufziehen lässt.

Der Innenbereich besteht aus einem einzigen Raum. Schriftzeichen der alten Völker sind an den Wänden, genau wie die Höhlenmalereien leuchten sie violett. In der Mitte des Bodens ist eine Öffnung. Eine Treppe beginnt dort, spiralförmig führt sie hinab. Der Stab, den er draußen gesehen hat, kommt durch die Decke und verschwindet umgeben von den Stufen in der Tiefe. Auch sein Licht erhellt die Umgebung.

Wird dort unten etwas von den alten Völkern aufbewahrt?, überlegt er und beginnt den Abstieg.

Immer weiter wagt er sich hinab. Die Decke des Hauses weit über sich kann er nur noch als kleinen Punkt erkennen. Der Blick auf die Stufen und seine monotonen Schritte bekommen eine hypnotische Wirkung, bis er eine Kammer erreicht. So weit wie sie sich in alle Richtungen erstreckt, scheint sie bis zum Rand der Säule zu reichen. Er verlässt die Treppe, die noch weiter nach unten führt und sieht sich um. In gleichmäßigen Abständen kommen Sockel aus dem Boden. Violette Steine sind darin eingefasst und erhellen den weitläufigen Raum. Auf den rechteckigen Ablageflächen liegen Artefakte. Eine Schale, schimmernd wie ein Regenbogen. Die Skulptur eines Turms, bestehend aus kleinen Glaskugeln. Schriftrollen aus Pergament.

Woher soll er wissen, ob etwas davon Clariis helfen kann?, fragt er sich und geht weiter, bis er zu zehn kreisförmig angeordneten, runden Flächen gelangt, die einige Zentimeter aus dem Boden ragen. Auf eine davon setzt er sich und überlegt, ob sich hier die Magier früherer Zeitalter getroffen haben. Und wenn ja, was haben sie besprochen? Wofür haben sie die Magie angewendet? Was haben sie als ihre Aufgabe gesehen?

Als er seine Erschöpfung spürt und die Lider schwer werden, steht er auf und begibt sich erneut von Sockel zu Sockel. Bis er einen entdeckt, auf dem eine große Pergamentrolle liegt, zusammengehalten von einem goldenen Band. Vorsichtig streift er es ab und entrollt etwas, das wie eine Karte aussieht. Mehrere Gebirgszüge sind darauf verzeichnet. Im linken Drittel glaubt Maleeo das Caluuah-Hochtal zu erkennen. Weitere Orte sind in verschiedenen Farben dargestellt. Manche sehen aus wie Schluchten, andere wie Siedlungen. Rechts ist über die gesamte Länge des Blattes die Wand eingezeichnet. Daneben sieht er die runden Formen, die er bereits von den Höhlenmalereien kennt.

So darf es für Clariis und ihn nicht enden, entschließt er. Noch so viel gibt es zu entdecken in dieser Welt. Er rollt das Pergament wieder zusammen und zieht das goldene Band darum, dann eilt er zurück zur Treppe. Bevor er sie hinaufsteigt, blickt er zu den Stufen, die weiter in die Tiefe führen. Ist dort unten jemand?, fragt er sich und bekommt Gänsehaut. So schnell er kann läuft er hinauf zur Oberfläche.

Schwitzend erreicht er den Ausgang. Die Tür hat sich scheinbar von alleine wieder geschlossen. Er zieht sie auf und blickt hinaus. Graue Wolken ziehen am Himmel vorbei und vergießen leichten Regen. Noch nie hat er sie so nah erlebt.

Nachdem er das Pergament neben der Pforte abgelegt hat, verlässt er das Haus und zwängt sich zwischen den Gewächsen hindurch zum Rand der Turmstadt. Als er den Baum sieht, der Clariis hält, bleibt er ruckartig stehen

Sieben schmale Stämme sind aus dem nassen Boden gewachsen, wo er die Artefakte gepflanzt hat. Sie haben sich zueinander gebogen und vereinen sich zu einer gemeinsamen Baumkrone. Darunter liegt Clariis auf der Seite, die Knie an die Brust gezogen. Ihre Haut wirkt steinern, genauso wie die gesprossenen Gewächse um sie herum.

Er eilt in ihre Richtung, lässt sich auf den Boden sinken und erreicht sie auf allen Vieren. Seine Finger zittern, als er sie berührt und versucht noch Leben unter der harten Oberfläche zu spüren.

„Was habe ich getan?", schluchzt er und schließt die Augen. Tränen laufen seine Wangen hinab.

Nach einer Weile vernimmt er in Gedanken die Stimme der Frau, die nicht weit entfernt ein Teil der Natur geworden ist. „Du hast ihr die Möglichkeit gegeben, aber was passiert ist, war ihre Entscheidung."

„Warum wollte sie nicht mehr leben?", fragt Maleeo. „Noch war sie nicht verloren!"

„Vielleicht kannst du es sie irgendwann selbst fragen, wenn auch du an einem anderen Ort bist. Es gibt nicht mehr viele von den Gewächsen, die du gepflanzt hast. Zur Zeit der alten Völker haben sie den Menschen geholfen, haben Licht in der Dunkelheit gespendet oder ... die Leidenden erlöst, wenn sie es wollten."

Erinnerungen strömen auf Maleeo ein. Wie er Clariis das erste Mal in dem Hochtal gesehen hat. An ihre Fröhlichkeit, die zum Zopf geflochtenen Haare. Gab es seitdem einen Tag, an dem er nicht an sie gedacht hat? An ihren neugierigen Blick und die Fragen, was er über die Welt außerhalb des Caluuah-Gebirges weiß. Aber auch an ihre Vernunft und Verbundenheit zu ihrem Stamm. Warum hat sie ihre Heimat verlassen? Um etwas zu bewirken? Um bei ihm zu sein?

Die Bilder in seinen Gedanken erdrücken ihn. Er will sie loswerden, aber auch festhalten, als wäre Clariis sonst für immer verloren. Aber das ist sie bereits, wird ihm klar. Zusammengekauert ergibt er sich der Dunkelheit, die sich in seinem Bewusstsein ausbreitet.

Donnergrollen lässt ihn hochschrecken. Er öffnet die Lider und richtet sich auf. Dunkle Wolken ziehen am Himmel vorbei. Wie lange ist er schon hier? Aber warum sollte er noch über etwas nachdenken, noch irgendwo hingehen, wenn Clariis nicht mehr da ist? Vielleicht schlägt ein Blitz ein und bringt auch ihn an einen anderen Ort, an dem er sie wiedersehen kann.

Als er sich wieder hinlegen und seinem Schicksal ergeben will, blitzt es tatsächlich, aber noch hat das Gewitter die Turmstadt nicht erreicht. Ihm kommt der Stab in den Sinn, der in dem Haus im Zentrum in die Tiefe führt. Außerdem die violetten Linien, durch die im Friedhofsfelsen die verstorbenen Seelen erweckt wurden. Er betrachtet Clariis versteinerten Körper und denkt an ihre Worte, als er ihr die Blätter aus der Höhle gezeigt

hat, in der Nariihs Vater verunglückt ist.

Vielleicht hilft uns die verbliebene Magie auf unserem Weg, bevor sie diese Welt

endgültig verlässt.

Gibt es doch noch Hoffnung? Warum wurde Clariis versteinert und er nicht? Kann sie

nur so gerettet werden? Er steht auf, dreht sie auf den Rücken und führt seine Arme unter

ihre Knie und Schulterblätter. Während er sie hochhebt, bemerkt er, wie leicht sie ist,

genauso wie zuvor die sieben Blätter. So schnell er kann eilt er mit ihr zur Stadtmitte.

Als er das flache Haus erreicht, ist er so außer Atem, dass ihm für einen Moment schwarz

vor Augen wird. Vorsichtig legt er Clariis ab und setzt sich neben sie mit dem Rücken an

die Wand gelehnt, während sich sein Kreislauf beruhigt.

Blitze zucken vom Himmel herab. Noch haben sie die Turmstadt nicht erreicht, aber es

wird nicht mehr lange dauern. Der Regen ist stärker geworden, genauso der Wind. Als

Donnergrollen zu ihm dringt, erhebt er sich wieder und zieht die Pforte auf. Clariis

tragend geht er hinein und folgt der Treppe in die Tiefe.

Mehrmals muss Maleeo sie absetzen, bis er die Halle mit den Artefakten erreicht. Auch

hier hält er einen Moment an, bevor er weiter nach unten eilt. Er versucht die Schmerzen

zu verdrängen, die sich in seinem Körper ausbreiten, indem er an Clariis denkt. Wie sie

lacht oder neugierig vor einer Höhlenmalerei steht. Fast wäre er dabei hingefallen, als

keine weitere Stufe mehr kommt.

Schwitzend blickt er sich um. Er ist am Rand einer kuppelförmigen Kammer

angekommen, in deren Mitte ein rechteckiges Podest steht. Beim Anblick des darauf

liegenden Wesens denkt er wieder an die Erscheinungen im Friedhofsfelsen. Das

Geschöpf hat tatsächlich die Statur eines Kindes, nur dass es auf zwei Flügeln liegt, die unterhalb der Schulterblätter beginnen und über die Füße hinausragen. Trotz der kleinen

Statur hat es das Gesicht einer erwachsenen Frau. Ihre Züge wirken ruhig und friedlich,

ein angedeutetes Lächeln umspielt ihre Mundwinkel. Nur die leicht

zusammengekniffenen Augen wirken wissend und berechnend.

Die Fläche, auf der die versteinerte Litiaah liegt, hat eine violette Oberfläche. Der vom

Dach des Hauses kommende Stab endet darauf, nur wenige Zentimeter oberhalb des

Kopfes. Maleeo legt Clariis auf dem Boden ab und trägt die Erschafferin vorsichtig neben

die Treppe. Dann geht er wieder zu Clariis und hebt sie auf das Podest.

Er weicht zurück und lässt sich am Gemäuer zu Boden sinken. Nicht lange, nachdem er

den Kopf zurückgelehnt und die Augen geschlossen hat, wird der Raum von grellem Licht

durchflutet. Instinktiv hält er sich die Hände schützend vors Gesicht. Lautes, vibrierendes

Summen dringt zu ihm.

Während es immer lauter wird, kauert Maleeo sich zusammen, bis er glaubt, es nicht

mehr aushalten zu können. Er beginnt zu schreien und bemerkt erst nach einigen

Sekunden, dass es vorbei ist. Langsam verschwinden die Lichtflecken und er öffnet

blinzelnd die Lider.

Clariis liegt noch auf der Seite, regungslos, aber dann streckt sie langsam die Beine aus

und dreht sich auf den Rücken.

Mit Tränen in den Augen steht Maleeo auf, geht zu ihr und legt eine Hand auf ihre

„Clariis?", fragt er leise.

Eine Weile betrachtet sie ihn, als wüsste sie nicht, wer er ist, bis sie mit trockener

Stimme „Was ist passiert?", fragt und sich über die Lippen leckt.

„Du wurdest in der Höhle vergiftet und …" Er streichelt über ihre Wange. „Ich habe

dich hierhin gebracht, um dir zu helfen. Es ist eine Kammer der alten Völker, glaube ich."

„Da war eine Frau. Sie hat in Gedanken zu mir gesprochen und hat mich -" Clariis

hustet mehrmals. „- zu einem Baum geführt. Auch er wollte mich retten. Zuerst ließ ich es

zu, aber dann wollte ich von ihm weg, bevor ich ein Teil von ihm werde."

„Wir müssen hier raus, etwas zu essen und trinken für dich finden. Kannst du

aufstehen?"

„Ich versuche es." Mit Maleeos Hilfe richtet sie sich auf und lässt ihre Beine nach unten

baumeln.

„Warte noch etwas", sagt er, als sie sich hin und her schwankend an ihm festhält.

Nach einigen Minuten schafft sie es zu stehen und von ihm gestützt zur Treppe zu

kommen. „Was ist das?", fragt sie und deutet auf das versteinerte Wesen.

„Eine Erschafferin. Die alten Völker nannten sie Litiaah. Sie hat die Turmstadt zu

diesem Ort des Lebens gemacht."

„Lag sie vor mir auf dem Podest?"

„Ja, aber lassen wir sie erst mal dort. Ich bin nicht sicher, ob sie nur Gutes tut."

„War ich auch versteinert?"

„Du wurdest von den Blättern gerettet, die ich bei den Noheeya gefunden habe. Ich

erzähle dir alles, wenn wir oben sind."

Mehrmals müssen sie ausruhen, bevor sie die Halle mit den magischen Artefakten

erreichen.

„Was ist das hier?", fragt Clariis und setzt sich erschöpft auf die Stufen.

„Die Magier haben hier Artefakte und Schriftrollen aufbewahrt, außerdem Treffen

abgehalten, glaube ich."

„Hast du dich umgesehen?"

„Ja, aber ich weiß nicht, wofür das alles gut ist. Ich habe eine Karte mitgenommen, sie liegt oben neben dem Eingang."

„So viel aus vergangenen Zeiten ist hier", sagt sie und lässt den Blick von Sockel zu Sockel schweifen. „Vielleicht können wir irgendwann zurückkehren."

„Hoffentlich! Kannst du weiter?"

„Denke schon."

Schritt für Schritt arbeiten sie sich zur Oberfläche. Als sie den Ausgang erreichen, lassen sie sich auf den Boden sinken und erholen sich einige Minuten.

„Nicht weit entfernt ist ein Wasserspeicher", sagt Maleeo nach einer Weile, drückt sich hoch und zieht die Tür auf. „Komm"

Sie lässt sich von ihm aufhelfen. Gemeinsam treten sie ins Freie und atmen tief durch.

Maleeo blickt zum Himmel. Es hat aufgehört zu regnen, nur noch vereinzelte graue Wolken ziehen vorbei. Nach dem Stand der Sonne ist es bereits Nachmittag.

Auf dem feuchten Boden zwängen sie sich an den Gewächsen vorbei, bis sie das Auffangbecken erreichen und vor eine der daraus hervorkommenden Ausbuchtungen setzen. Maleeo betätigt den Hebel darüber, kurz danach strömt Wasser heraus. Clariis beugt sich vor und trinkt. Als sie fertig ist, stillt auch er seinen Durst und verschließt die Öffnung wieder.

„Warte hier", sagt er und gibt ihr einen Kuss auf die Wange.

Regungslos lässt sie es geschehen und blickt gedankenverloren auf den Boden.

„Ich hole uns was zu essen..Vielleicht weiß die Frau, die uns hierhin geholt hat, wie weit es noch zur Wand ist."

Clariis nickt und lehnt sich an den Wasserspeicher.

Unter der wieder durchkommenden Sonne ist die Wiese schon fast getrocknet. Die Insekten setzen ihr summendes Treiben fort. Als Maleeo die Frau erreicht, liegt sie wie vor dem Unwetter ruhig im Gras.

„Das hättest du nicht machen sollen!", sagt sie und blickt ihn mit grün schimmernden Augen an.

„Warum nicht?"

„Dieser Ort ist noch nicht das, was er sein könnte. Nur das Leben, das die Litiaah sät, kann ihn dazu machen."

„Merkt ihr nicht, dass ihr euch damit selbst aufgebt?"

„So soll es sein. Alles wird eins. Lerne den Frieden kennen, der damit verbunden ist!"

„Wo habt ihr die Erschafferin gefunden?", fragt er und kniet sich vor die Frau.

Zum ersten Mal zögert sie, bevor sie antwortet. „In den Tiefen eines Gebirges im Norden, dort wo schon die alten Völker das Gestein für unsere Stadt abgebaut haben."

Maleeo betrachtet sie eine Weile. „Warum lügst du?"

„Tue ich das?"

„Sag du es mir." Als die Frau nicht reagiert, zieht er sein Messer aus dem Gürtel und hält es an die Ranken, die in ihre Nasenlöcher gewachsen sind. „Ich würde alles tun, damit Clariis lebt und die Wüstenmeere eine Zukunft haben. Also sprich!"

Erst nach einigen Sekunden antwortet sie. „Bitte, wenn du es so willst. Welchen Unterschied macht es?" Sie hebt ihren Kopf leicht an. „Vor vielen Zeitaltern wurde die Magie schwächer und damit auch die lebenserschaffende Macht der Litiaah. Ohne ihr Wirken veränderte sich die Welt. Wüsten entstanden, aber nicht überall. Weiter im Osten beginnen die tieferen Ebenen. Wasser sammelte sich dort, Meere einer ganz anderen Art entwickelten sich zu neuen Lebensräumen. Aber unsere Seite trocknete immer mehr aus.

Mit der Kraft, die sie noch aufbringen konnten, erschufen die Litiaah eine gigantische Wand, zusammen mit den verbliebenen Magiern und vielen Helfern. Sie hält beide Seiten im Gleichgewicht. Die Wüsten bekommen genug Wasser, auf der anderen Seite wird es nicht zu viel."

Maleeo zieht das Messer zurück. „Was ist passiert?", fragt er und setzt sich neben die Frau.

„Die Wand kann nur zusammen mit den Litiaah wirken. Sie wurden versteinert und ein Teil des Bauwerks. Wie Wächter thronen sie darauf, ihre Blicke in beide Richtungen gerichtet."

„Aber ihr habt eine mitgenommen, für eure eigenen Zwecke."

„Es war ein Versuch, kaum jemand hier glaubte, dass es klappen würde. Die Kammer unter der Erde wurde von den alten Völkern errichtet, um Menschen wiederzubeleben. Nach ihren Schriften war es möglich, wenn jemand früh verstarb und noch viele Jahre vor sich hatte"

„Dann müssen wir die Erschafferin zurückbringen!"

„Die Turmstadt hat ihre Veränderung gerade erst begonnen. Ohne sie geht es nicht. Legt sie wieder auf das Podest!"

„Nein", antwortet er und steht auf. „Die Wand, wie seid ihr dorthin gekommen? Wie weit ist sie entfernt?"

„Deine Freundin und du solltet es einsehen, eure Reise ist hier zu Ende. Seit dankbar, ihr könnt ein Teil unserer Welt werden."

Für einen Moment greift Maleeo sein Messer fester, dann steckt er es weg. „Unser Platz ist woanders, wir finden auch so einen Weg."

Als er sich von der Frau entfernt, sieht er Clariis hinter dem Turm verschwinden, der an die Wiese grenzt.

„Clariis!", ruft er und geht in ihre Richtung. „Warum hast du nicht gewartet?"

Sie steht vor den steinernen Gewächsen, die sich zu einer Baumkrone vereint haben.

„Was ist hier passiert?", fragt sie mit leiser Stimme.

Maleeo tritt neben sie „Das hier entstandene Leben konnte das Gift in deinem Körper nicht verdrängen. Du bist zu diesen Gewächsen gegangen und … wurdest von ihnen versteinert. Nur so konntest du in der Kammer wiederbelebt werden."

Mit glasigen Augen blickt sie ihn an. „Ich bin gestorben?"

„Ich weiß es nicht. Aber nun bist du wieder hier, bei mir."

Eine Weile schweigt sie und streicht mit den Fingern über die kleinen Stämme. Dann geht sie zu dem Baum, mit dem sie verbunden war, vorbei an ihrem Speer, der noch immer dort liegt. „Etwas von mir ist hier zurückgeblieben. Ich erinnere mich an vieles, mein bisheriges Leben, aber ich ... fühle nichts dabei."

„Es wird zurückkommen. Hab Geduld!"

Sie lehnt ihre Stirn an die Rinde. „Ich war ein Teil dieses Orts. Vielleicht bin ich es noch immer und kann einen Weg für uns finden."

„Wir müssen die Litiaah zurück nach Osten bringen. Sie wurde von der Wand gestohlen, nun hat die Barriere nicht mehr genügend Kraft. Kannst du rausfinden, wie die Menschen hier dorthin gekommen sind?"

„Ich versuche es", antwortet sie und legt beide Hände an die Rinde. „Geh und hol die Erschafferin! Ich komme nach, sobald ich etwas weiß."

„Aber bleib nicht zu lange! Dieser Ort will uns nicht gehen lassen, glaube ich."

Erst als sie nickt und die Augen schließt, wendet Maleeo sich ab und eilt davon.

Immer schwerer wird die Litiaah auf seinen Armen, während er sie Stufe für Stufe nach oben trägt. Erneut muss er sich ausruhen. Nicht lange und er versucht wieder aufzustehen, aber seine Beine zittern so stark, dass er zurück auf die Treppe sinkt. Er blickt nach oben, noch mehr als die Hälfte des Weges liegt vor ihm.

„Irgendwie muss ich es schaffen", flüstert er und versucht ruhig zu atmen.

„Ich sagte es dir, das hättest du nicht machen sollen!", hört er in Gedanken die Stimme der Frau vom Rand der Turmstadt. „Bring die Erschafferin zurück, du hast kein Recht, unser neues Leben zu stören!"

Bevor er reagieren kann, dringen Clariis Rufe zu ihm. „Maleeo?"

„Bin noch weit unten", antwortet er so laut er kann.

Er lehnt sich an die Wand, bis sie ihn erreicht und ihm aufhilft.

„Hast du was entdeckt?", fragt er.

„Ja! Hier gibt es ein fliegendes Schiff, noch aus der Zeit der alten Völker. Es befindet sich in einer unterirdischen Halle, der Zugang ist in einem Turm im nördlichen Teil der Stadt."

„Dann werden sie die Erschafferin damit hierhin gebracht haben."

„Wahrscheinlich."

Gemeinsam greifen sie die Litiaah und tragen sie die Treppe hinauf.

Der Puls pocht in ihren Ohren, den Schläfen, als sie oben ankommen. Vorsichtig legen sie die Erschafferin ab, dann lassen sie sich erschöpft auf den Boden sinken.

„Alles in Ordnung?", fragt Maleeo, nachdem sich sein Kreislauf etwas beruhigt hat.

Clariis zuckt mit den Schultern. „Weiß nicht. Wahrscheinlich brauche ich Zeit, um alles Geschehene zu verarbeiten. Wir sollten weiter."

Maleeo nickt und steht auf, kurz danach auch Clariis. Sie nimmt den Speer, den sie neben der Tür an die Wand gelehnt hatte. Maleeo hebt die eingerollte Karte auf und öffnet den Eingang. Mit der jeweils freien Hand tragen sie die Litiaah hinaus und unter dem wolkenfreien Himmel zum nördlichen Teil der Stadt.

Die Sonne scheint auf sie herab, als hätte es kein Gewitter gegeben. Immer wieder blicken sie sich um, aber niemand scheint sie aufhalten zu wollen. Nach einigen Minuten erreichen sie einen Baum, der die Früchte trägt, die Maleeo in dem Holzkästchen gefunden hatte. Sie essen einige davon und setzen ihren Weg fort.

„Das muss er sein", meint Clariis nach einer Weile und deutet mit dem Speer auf einen Turm, der nicht weit entfernt vom Rand der Säule steht.

Fast vollständig ist er von den tentakelartigen Pflanzen bedeckt, aber noch scheint das Bauwerk intakt. Als sie die offenstehende Eingangstür erreichen und hineingehen wollen, schreit Clariis auf. Eine Ranke hat sich um ihren Knöchel geschlungen. Fast hätte sie die Litiaah fallenlassen, während sie mit dem Speer auf das Gewächs einsticht.

„Wir müssen sie absetzen!", ruft Maleeo.

Sie legen die Erschafferin auf den Boden, dann steckt Maleeo das Pergament unter sein Gewand und zieht das Messer. Mit einem Sprung ist er bei Clariis und rammt die Klinge in die Pflanze. Als sie sich dennoch nicht löst, drückt er fester, bis die Spitze unten rauskommt. Zuerst zerschneidet er sie von ihm weg, dann in die andere Richtung.

Der Griff des abgetrennten Gewächses löst sich. Clariis kniet sich hin und zieht es weg, währenddessen schlängeln sich weitere von der Außenmauer des Turms in ihre Richtung.

So schnell sie können greifen sie die Litiaah, laufen ins Innere und bleiben in der Mitte der runden Fläche stehen. Auch hier bat sich die von der Erschafferin gesäte Natur ausgebreitet. Ranken sind durch die Fenster gedrungen, durch die bunten Scheiben, deren

Scherben über den Boden darunter verteilt liegen. Fast vollständig bedecken die Pflanzen die Wände. Gesichter kommen daraus hervor, genauso Arme und Beine. Die vereinnahmten Bewohner der Stadt haben die Augen geschlossen und wirken, als würden sie friedlich schlafen.

„Was für ein Albtraum!", flüstert Clariis und betrachtet die Körper.

„Wo kommen wir nach unten?", fragt Maleeo, als einzelne Gewächse beginnen, sich in ihre Richtung zu bewegen. Auch durch die Tür tasten sich welche auf sie zu.

Clariis zeigt mit dem Speer auf die Wendeltreppe, die vor der Wand gegenüber dem Eingang nach oben führt. „Die Stufen müssten auch nach unten führen, so hatte ich es gesehen."

Sie eilen dorthin und finden hinter der Treppe einen aus dem Boden kommenden Hebel. Maleeo steckt das Messer weg und zieht den steinernen Stab zu sich. Kurz danach vibriert der Boden und senkt sich Stück für Stück ab. Weitere Stufen entstehen, mit achtsamen Schritten folgen sie ihnen hinab.

Nicht lange und sie erreichen eine Halle. Unzählige violette Steine sind in die Wände eingefasst und erhellen den weitläufigen Raum, in dessen Mitte das Luftschiff schwebt. Es besteht aus dem schimmernden Gestein, mit dem die Turmstadt errichtet wurde Mehrere glänzende, schwarze Halbkugeln befinden sich an der Unterseite, von denen ein knisterndes Geräusch ausgeht..In den ovalen Rumpf sind Schriftzeichen der alten Völker graviert.

Vorsichtig legen sie die Litiaah neben die am Bug befestigte Leiter.

„Da vorne", sagt Maleeo und deutet auf die Wand rechts von ihnen. An beiden anliegenden Ecken ragen steinerne Hebel aus dem Boden. „Vielleicht öffnet sich damit ein Ausgang."

Sie gehen dorthin, Maleeo nach links, Clariis nach rechts. Nachdem sie sich zugenickt haben, beginnen sie zu ziehen. Erst als sie sich zurücklehnen und alle Kraft aufbringen, die sie noch haben, gelingt es ihnen, die Mechanik in Gang zu setzen. Langsam kippt die Außenmauer und wird zu einer Verlängerung des Bodens. Der blaue Himmel wird sichtbar, weit unten erstreckt sich die Wüste bis zum Horizont.

Eine Weile betrachten den Ausblick, dann begeben sie sich zurück zum Schiff.

Clariis streicht mit den Fingern über die Schriftzeichen. „Woher hat es die Energie zu schweben?"

„Vielleicht wird sie von den Artefakten in den Wänden übertragen?", meint Maleeo und klettert an Bord. Dort legt er die Karte ab, beugt sich über die Reling und greift die Erschafferin, die Clariis ihm mit zitternden Armen entgegen hält. „Beeil dich!", ruft er, nachdem er sie abgelegt und auch Clariis Speer entgegengenommen hat. Die tentakelartigen Pflanzen schlängeln sich die Treppe hinab und bewegen sich auf sie zu.

So schnell sie kann kommt sie ebenfalls nach oben. „Wird es damit gesteuert?", fragt sie und deutet auf eine schwarze Halbkugel am Boden des Hecks. Daneben ist ein hölzerner Kompass befestigt.

Maleeo kniet sich hin und führt eine Hand an die glatte, dunkle Oberfläche. Vorsichtig berührt er das fremdartige Material. Ein Kribbeln breitet sich über seinen Arm bis zur Schulter aus. Wenig später vibriert das Luftschiff für einige Sekunden und schwebt etwas höher. Als er seine Finger leicht Richtung Bug bewegt, gleitet das Fluggefährt vorwärts zu der geöffneten Wand.

So gerade kann Maleeo von der Halbkugel aus über die niedrige Reling sehen, während sie die Halle verlassen und weit über der Wüste nach Osten fliegen.

Er führt seine Hand weiter nach vorne, wonach sich das Schiff neigt und dem Boden nähert. Erst als der helle Sand nur noch wenige Meter entfernt ist, richtet er es wieder gerade aus. „Gar nicht so schwer!", ruft er Clariis zu.

Sie steht am Bug, der Wind weht ihre geflochtenen Haare zurück. „Weißt du noch, wie wir uns fühlten, als wir aufgebrochen sind?", fragt sie.

Maleeo überlegt eine Weile. „Neugierig und hoffnungsvoll. Die Welt zu entdecken, etwas verändern zu können."

„Ja ... Ich erinnere mich daran, aber ich möchte es wieder spüren. Vielleicht muss ich nach dem, was mir passiert ist, alles neu kennenlernen. Mich selbst, meine Wünsche und ... Gefühle."

„Lass dir Zeit", möchte er ihr antworten, wie schon in der Turmstadt. Stattdessen lässt er sie ihren Gedanken nachgehen und betrachtet die vorbeiziehende Wüste. Als er im Norden einen Gebirgszug sieht, denkt er an die Worte der mit der Natur verwachsenen Frau, dass dort bereits die alten Völker das Gestein für die Turmstadt abgebaut haben. Er berührt das neben ihm liegende, eingerollte Pergament mit der Karte. Wie viel der Welt und ihrer Geschichte kann jemand in einem Leben kennenlernen?, fragt er sich. Was erwartet Clariis und ihn noch?

Vorsichtig nimmt er die Hand von der dunklen Halbkugel, einem Material, das er noch nie zuvor gesehen hat. Wie so vieles, seit sie ihre Reise begonnen haben. Das Luftschiff fliegt unverändert weiter. Er blickt zu Clariis und hofft, dass sie wieder zu sich selbst findet, noch nicht alles verloren ist, was sich zwischen ihnen entwickelt hat.

Erschöpft schließt er die Augen. Nur für einen Moment, nimmt er sich vor.

***

Im strömenden Regen sitzt er auf einem Felsen, umgeben von der durchnässten Wüste.

Pfützen bilden sich auf dem Sand, der am Nachthimmel schwebende Mond spiegelt sich

darin.

Neben ihm steht Clariis. Sie trägt die Haare offen und streicht sich nasse Strähnen aus

dem Gesicht. Nach einer Weile kniet sie sich hin und betrachtet ihre verschwommene

Reflexion.

„Was denkst du? ", fragt Maleeo.

„Ist sie ich? ", antwortet Clariis und streckt ihrem Ebenbild eine Hand entgegen.

„Vielleicht ist sie real und ich bin nur das Spiegelbild? "

„Ich weiß nicht, was du meinst ... Du bist hier bei mir, alles ist wie vorher. "

„Ja? " Ihre Augen leuchten grün auf. „Es ist viel passiert. Ich hatte diese Welt bereits

verlassen, aber du hast mich zurückgeholt. "

„Du bist noch immer du. "

Sie steht auf, dreht sich zu ihm und beginnt zu weinen. „Ich gehöre nicht mehr in deine

Welt ", schluchzt sie und springt vom Felsen ins Wasser. Schnell steigt es an und reicht ihr

bis zur Hüfte.

Bevor Maleeo ihr folgen kann, schwimmt sie davon und taucht unter. Wie ein dunkler

Schatten entfernt sie sich unter dem vom Mond reflektierten, silbrigen Licht, das von der

Wasseroberfläche eingefangen wird. Gleichzeitig kommt ihm jemand entgegen, bis nah an

den Felsen heran. Wer auch immer es ist, wird von violettem Leuchten umgeben, als hätte

die Person einen der Steine bei sich.

„Wer bist du? ", fragt Maleeo.

„Wach auf! ", ruft Clariis und rüttelt an seiner Schulter.

Wie kann sie wieder hier sein?, fragt er sich und ...

… schreckt hoch.

„Aufwachen!"

Blinzelnd sieht Maleeo sich um. Er sitzt vor der schwarzen Halbkugel, genau wie in

seinem Traum ist es dunkel.

Clariis steht neben ihm und deutet Richtung Bug. „Die Wand. Sieh!"

Vor Müdigkeit schwankend steht er auf, blickt nach Osten und hält sich bei dem Anblick

an der Reling fest. Wenige Kilometer entfernt ragt die Wand aus der Wüste empor. Maleeo

schätzt das gigantische Bauwerk gut zweihundert Meter hoch. Das helle Gestein

schimmert in der Nacht, als wäre in seinem Inneren eine Lichtquelle.

„Wir haben es geschafft!", sagt er und betrachtet Clariis, die schweigend neben ihm

steht. Sie lächelt, aber er findet nicht wie früher das Funkeln in ihren Augen, wenn es

etwas zu entdecken gab. Kurz streichelt er ihr über den Rücken, dann kniet er sich vor die

Halbkugel und lenkt das Fluggefährt nach oben.

Während sie sich der Wand nähern, erkennen sie die versteinerten Litiaah, die darauf im

Abstand von etwa hundert Metern stehen, abwechselnd nach Osten und Westen blickend.

„Flieg darüber hinweg", meint Clariis. „Ich möchte die andere Seite sehen."

Maleeo zieht das Schiff noch höher. Nachdem sie die Wand passiert haben, verringert er

die Geschwindigkeit, bis sie leicht schwankend in der Luft schweben.

Clariis greift seine Hand, als er neben sie kommt und mit ihr über die Reling blickt.

Scheinbar endlos erstreckt sich unter ihnen die Wasseroberfläche, die durch die Wand von

der Wüste ferngehalten wird. Leise hören sie das Plätschern, wenn das Wasser dagegen

schwappt. Bunt leuchtende, kleine Wesen schwimmen darin.

„Eine andere Welt!", flüstert sie.

„Da hinten scheint Land zu sein", sagt Maleeo und zeigt zum östlichen Horizont. Eine ovale Erhebung ragt dort aus der Oberfläche und erinnert ihn an einen Teil der Höhlenmalereien „Wir übernachten besser auf unserer Seite", schlägt er vor und löst sich von den fremdartigen Eindrücken. „Wer weiß, was hier alles lauert."

Bevor er das Luftschiff in einem Bogen zurück zur Wüste steuert, sieht er erneut zu Clariis und glaubt für einen Moment in ihren Augen das Funkeln zu erkennen, das er von früher kennt.

Maleeos Gedanken kreisen um die Geschehnisse, seit er mit Hemass und einigen seines Stamms zum Caluuah-Gebirge aufgebrochen ist. Ohne zu ahnen, was alles auf ihn zukommt. Die Unwetter, das brennende Schiff und seine Genesung in der unterirdischen Welt der Sandreisenden. Clariis Verschwinden in den überfluteten Höhlen, ihre Flucht vor dem Mentaag. Und die Reise nach Osten durch das Gebirge, die rote Wüste, die Felsebene ... Bis zu der Wand, welche die Wüstenmeere von einem ganz anderen Meer trennt.

Als die ersten Sonnenstrahlen die Nacht verdrängen, steht er auf. Auch Clariis ist bereits wach und lehnt an der Reling des Fluggefährts, das einen halben Meter über dem Sand schwebt, getaucht in die Schatten, den das gewaltige Bauwerk wirft.

„Alles in Ordnung?", fragt er und stellt sich neben sie. Wieder glaubt er, ihre frühere Neugier in ihrem Blick zu finden.

„Es kommt mir alles so unwirklich vor", antwortet sie und betrachtet die Wand. „Kaum zu glauben, wir sind tatsächlich angekommen! Vielleicht finde ich auf der anderen Seite, was ich verloren habe."

„Aber unsere Welt ist hier, in den Wüsten."

„Ich weiß nicht mehr, wo ich hingehöre." Sie zieht das Band vom Ende ihrer Haare und öffnet den Zopf. „Wir müssen die Litiaah zurückbringen."

Zögernd wendet sich Maleeo ab, kniet sich vor die schwarze Halbkugel und legt eine Hand darauf. Er beschleunigt das Schiff und lenkt es von der Wand weg, um in einem weiten Bogen zurück und über sie hinweg zu fliegen.

„Hast du schon mal so etwas Schönes gesehen?", fragt Clariis, als sie die andere Seite erreicht haben.

Maleeo steuert nach unten und drosselt die Geschwindigkeit, bis sie ruhig in der Luft schweben. Dann steht er auf und blickt sich ebenfalls um. Hellblaues Wasser schimmert bis zum Horizont in der Sonne. Jetzt kann er die kleinen Lebewesen genauer erkennen, die unter der Oberfläche schwimmen. Manche flitzen schnell umher, andere sind sternförmig und treiben langsam unter den sanften Wellen. Weiter im Osten ist die Landerhebung, die er bereits in der Nacht gesehen hat. Der äußere Bereich besteht aus Sand. Im Inneren wachsen Bäume mit langen, dünnen Stämmen. Schmale Blätter hängen von den Baumkronen hinab. Dazwischen stehen Häuser, vermutlich aus Holz.

„Weiß nicht", antwortet er. „Alles hier ist so anders, so fremd. Wir könnten zu der Landfläche, wenn wir die Erschafferin an ihren Platz gebracht haben."

„Ja, lass uns das machen!" Clariis strahlt übers ganze Gesicht.

Erneut setzt Maleeo das Luftschiff in Bewegung und lenkt es einige Meter über die Wand.

„Wir müssen nach Norden, glaube ich", meint Clariis und deutet in diese Richtung.

„Sieht so aus, als würde dort eine Litiaah fehlen."

„Okay."

Er fliegt tiefer, bis sie neben dem oberen Teil des Bauwerks durch die Luft gleiten. Nicht lange und sie kommen zu einer größeren Lücke zwischen zwei der steinernen Erschafferinnen. Eine fehlt dort, die zum Wassermeer ausgerichtet wäre. Maleeo hält das

Fluggefährt an, so dass sie auf die etwa fünf Meter breite Wand steigen können.

Gemeinsam tragen sie die Litiaah zu einem Sockel am Rand und stellen sie darauf. Ihre

Flügel ragen über die Erhöhung hinaus und enden knapp über dem Boden.

Eine Weile passiert nichts, dann sinken die Füße der Erschafferin einige Zentimeter in

das Gestein, als wäre es weich. Die Wand beginnt zu vibrieren, Clariis und Maleeo halten

sich aneinander fest. Nach einigen Sekunden hört es auf und die Umgebung ist wieder so

ruhig wie vorher.

„Haben wir es geschafft?", fragt Clariis und blickt zu dem Meer aus Wasser.

„Weiß nicht, wir werden es abwarten müssen."

„Ich möchte zu den Häusern dahinten, sehen, wer dort lebt."

„Bisher scheint alles verlassen."

„Vielleicht schlafen die Bewohner noch. Komm!" Sie greift seine Hand und geht mit

ihm zurück zum Schiff.

Als sie sich der Landerhebung nähern, werden sie langsamer. Maleeo führt seine Finger

auf der schwarzen Halbkugel nach vorne, dennoch verlieren sie weiter an

Geschwindigkeit und Höhe.

„Was ist los?", fragt Clariis und hält sich an der Reling fest, während das Fluggefährt

weiter absinkt, bis es knapp über der Wasseroberfläche fliegt.

„Scheint keine Energie mehr zu haben!"

Nur noch wenige Meter sind sie vom Land entfernt, da sinken sie ins Wasser und driften

weiter, bis sich der Bug in den Sand gräbt. Beide springen von Bord und ziehen das Schiff

zu sich, bis sie sicher sind, dass es liegen bleibt.

„Verdammt!", flucht Maleeo und streicht sich die Haare aus dem Gesicht. „Ohne das

Schiff kommen wir nicht zurück!"

Clariis zuckt mit den Schultern. „Bestimmt gibt es auch hier viel zu entdecken. Komm, sehen wir uns um!"

Bevor Maleeo antworten kann, greift sie vom Deck ihren Speer und geht in Richtung der Bäume.

„Warte!", ruft er und folgt ihr.

Nicht weit vom Ufer entfernt erreichen sie eins der Holzhäuser. Sie gehen um die Unterkunft herum und finden dabei keine Fenster, dafür kleine Öffnungen unter dem flachen Dach. Die Tür steht offen, sie treten ein und blicken sich um.

An der Wand gegenüber dem Eingang steht ein breites Bett, darauf liegt eine weiße Decke. Rechts von ihnen ist ein Tisch mit zwei Stühlen, auf der anderen Seite mehrere Regale. Bis auf weitere Decken und einige tönerne Gefäße sind sie leer.

Clariis streicht mit den Fingern über die Möbel. „Ob die Menschen hier genauso denken und leben wie wir?", fragt sie.

Maleeo ist nicht sicher, ob die Frage an ihn gerichtet ist, dennoch antwortet er.

„Vielleicht haben sie hier ein einfacheres Leben als wir in den Wüstenmeeren. Im Wasser scheint es genügend Nahrung zu geben. Irgendwoher müssen sie den Stoff und das dunkle Holz haben, von den hohen Bäumen kann es nicht stammen."

Sie blickt hinauf zu den kleinen Öffnungen, die sich in allen vier Wänden befinden. „Kann hier wohl sehr stürmisch werden, wenn sie auf Fenster verzichten. Oder sie wissen nicht, wie man Glas herstellt. Lass uns woanders suchen!"

Auf dem Weg ins Innere der Landfläche kommen sie an weiteren Häusern vorbei, aber auch sie sind verlassen. Maleeo will vorschlagen, zurück zum Schiff zu gehen, da erreichen sie eine Lichtung. In deren Mitte schimmert ein türkisfarbener See.

„Was für eine faszinierende Welt!", meint Clariis und legt ihren Speer ab.

Sie setzen sich ans Ufer und probieren vom Wasser. Als sie den süßlichen Geschmack

spüren, stillen sie ihren Durst.und lehnen sich zurück.

Nach einer Weile zeigt Clariis auf die Mitte des Gewässers. „Sieh mal!" Ein Schwarm

kleiner Lebewesen schwimmt in Schlangenlinien unter der Oberfläche.

„Vielleicht solltest du aufhören, dich mit allem hier abzulenken!", sagt Maleeo.

„Was meinst du?", antwortet sie und zieht die Augenbrauen hoch.

„Wir irren nur noch ziellos umher!. Erinnere dich an dein Leben, an uns!" Er legt eine

Hand auf ihre. „Weißt du nicht mehr, wie nah wir uns waren?"

Ihre Augen werden glasig. „Ich sagte es dir schon! Alles von früher ist für mich wie …

die Geschichte einer anderen. Bei der ich nichts empfinde, für niemanden. Vielleicht kann

ich hier einen neuen Anfang machen."

„Mit mir?"

Tränen laufen über ihre Wangen. „Ich weiß es nicht!", schluchzt sie, steht auf und läuft

davon.

Nach einigen Minuten zieht sich die Leere in seinen Gedanken zurück. Er blickt zu dem

Speer, den Clariis liegengelassen hat. Muss er sie nach der Wiederbelebung als jemand

anderen akzeptieren?, fragt er sich. Sie neu kennenlernen und hoffen, dass sie sich wieder

verlieben?

Bevor er aufsteht, trinkt er noch etwas von dem Wasser, dann nimmt er ihre Waffe und

folgt den Fußspuren, bis er zwischen den Bäumen hervortritt und den östlichen Rand der

Landerhebung erreicht. Clariis sitzt im Sand, nicht weit von einem kleinen, hölzernen

Schiff entfernt. Darin sind zwei Sitzbänke vor denen Stöcke liegen, die durch auf die

Reling montierte Ringe führen. An den Enden werden sie zu breiteren Flächen.

„Tut mir leid", sagt Maleeo und nähert sich ihr.

Sie wischt sich mit dem Ärmel über die Augen und deutet zum Horizont.

Maleeo kneift die Augen zusammen und erkennt weit entfernt zwei weitere Flächen aus dem hellblauen Wasser ragen.

„Vielleicht können wir dorthin fahren", meint Clariis.

„Ich … bin nicht sicher, ob ich noch weiter möchte."

Eine Weile schweigen sie, dann steht Clariis auf und kommt zu ihm. „Wir brauchen was zu essen", sagt sie und zeigt auf die Bäume. „Weiter oben zwischen den Blättern wächst etwas, vielleicht komme ich mit dem Speer dran. Gib ihn mir, wenn ich ein Stück geklettert bin."

„Okay."

Nicht lange und es gelingt ihr, mehrere grünliche Früchte mit dicker Schale in den Sand fallen zu lassen. Maleeo schneidet sie mit seinem Messer in der Mitte durch. Mit knurrendem Magen trinken sie den Saft darin und essen das Fruchtfleisch.

Sie übernachten in einem von Bäumen umgebenen Haus. Am Morgen des dritten Tages auf der Landfläche werden sie von Donnergrollen geweckt. Maleeo richtet sich auf, kurz danach auch Clariis auf dem Bett am anderen Ende des Raums.

„Wir müssen zur Wand!", sagt sie, wirft die Decke zurück und steht auf.

„Warte!", antwortet Maleeo, aber sie eilt bereits hinaus, vorbei an den Früchten, die sie hier lagern.

Er folgt ihr unter nach Westen ziehenden, grauen Wolken, bis sie nicht weit vom Ufer und dem Luftschiff entfernt stehen bleibt.

„Komm vom Wasser weg!", ruft er und blickt genau wie sie zu der Wand, hinter der sich seine Welt befindet.

Nach einigen Sekunden geht sie rückwärts und bleibt neben ihm stehen.

Als der Wind stärker wird, halten sie sich aneinander fest. Regen prasselt auf sie nieder, genauso auf die wogende Meeresoberfläche vor ihnen. Der beginnende Tag wird von Blitzen erhellt. Von Osten her nähern sie sich, bis einer nicht weit entfernt in einen Baum einschlägt. Das entstehende Feuer wird vom Niederschlag gelöscht. Kurz danach zischt ein weiterer herab in die schwarze Halbkugel auf dem Deck des Fluggefährts.

Maleeo und Clariis zucken zusammen. Lautes Knistern dringt zu ihnen, dann schwebt das Schiff einen Meter in die Höhe und schwankt dort im Wind hin und her. Donner hallt durch die Luft, während die ersten Wolken die Wand erreichen und überqueren.

„Hat es nicht funktioniert?", fragt Clariis.

„Vielleicht haben wir die Litiaah nicht richtig -"

Er hält inne, als Blitze in das Bauwerk einschlagen. Es leuchtet hell auf, genauso die darauf stehenden Erschafferinnen. Trotz ihrer Versteinerung strecken sie die Arme zur Seite und blicken zum Himmel. Das Leuchten dehnt sich nach oben aus, immer weiter. Ein Vorhang aus Licht entsteht.

Erst nach einer Weile wird Maleeo klar, was passiert. Nur noch ungefähr die Hälfte der Wolken erreicht die Seite der Wüstenmeere. Die anderen zerfallen zu grauem Staub, der trotz des Windes hinabfällt, als würde ihn das unruhige Wasser anziehen.

Fast wären sie gestürzt, als eine Böe den Sand um sie herum aufwirbelt. Umschlungen sinken sie auf die Knie, klammern sich aneinander fest, während das Unwetter wütet.

„Halte durch!", ruft Maleeo gegen den Lärm an.

Clariis nickt und drückt sich fester an ihn.

Maleeo weiß nicht, wie viel Zeit vergangen ist, als der Wind nachlässt. Blitze und Donner ziehen sich zurück, etwas später hört auch der Regen auf. Erst als die ersten

Sonnenstrahlen durchkommen, löst er sich von Clariis. Gemeinsam stehen sie auf und

sehen sich um.

„Wir können zurück!", sagt er und blickt zu dem von Sand bedeckten, schwebenden

Schiff.

Clariis geht zum Wasser und einige Schritte hinein, bis es ihre Knie umspielt.

„Vielleicht bin ich wie eine der Wolken und kann nicht auf die andere Seite", meint sie die

Wand betrachtend.

„Noch hast du die Wahl", antwortet er und kommt neben sie. Das Licht über dem

Bauwerk ist verschwunden, die Litiaah stehen wieder wie vor dem Unwetter. „Oder hast

du sie schon getroffen?"

Eine Weile schweigt sie.

„Wieder in die Wüste zu reisen wäre für mich, als würde ich versuchen, das Leben einer

anderen zu führen." Sie wendet sich ihm zu, streicht ihm die Haare zurück. „Es tut mir

leid. Meine Zukunft ist hier, auf dieser Seite."

„Ich ..." Seine Stimme beginnt zu zittern. „Ich wollte dich retten, dich zurückholen!"

„Das hast du auch. Du hast mir ein neues Leben ermöglicht, aber das vorherige ist kein

Teil davon." Langsam nähert sie sich seinem Gesicht und gibt ihm einen Kuss auf die

Wange. „Danke für alles!"

„Was hast du nun vor?", fragt er und wischt sich die Tränen weg.

„Vielleicht sind die Menschen von hier weitergezogen, weil sie die Veränderung gespürt

haben. Die gestohlene Erschafferin und die Wolken, die ungehindert zur anderen Seite

vorgedrungen sind. Aber irgendwo werde ich sie finden, mit dem Schiff auf der anderen

Seite sollte ich zu den anderen Landerhebungen kommen."

„Ich könnte dich hinfliegen, noch etwas begleiten und -"

„Nein!", unterbricht sie ihn und weicht einige Schritte zurück. „Du musst mich gehen lassen. Leb wohl!" Wieder wartet sie nicht auf eine Antwort, wendet sich ab und läuft davon.

Irgendwann erhebt er sich aus dem Sand. Auf dem Weg zum Haus hofft er, auf Clariis zu treffen. Aber sie ist nicht mehr da, schon seit der Turmstadt nicht mehr, auch wenn er es nicht wahrhaben wollte.

In der Unterkunft hebt er einige Früchte vom Boden auf und bemerkt dabei Clariis Speer neben dem Bett, in dem sie geschlafen hat. Für einen Moment überlegt er, ihn mitzunehmen, aber auch ihre Waffe ist kein Bestandteil seines Lebens mehr. Er geht er wieder hinaus und zurück zum Luftschiff. Nachdem er die Nahrung aufs Deck gelegt hat, klettert er hinein und betrachtet das zusammengerollte Pergament. Es ist durchnässt, aber das Wasser scheint der Karte nicht geschadet zu haben, womit auch immer sie gezeichnet wurde.

Mit einer Hand auf der schwarzen Halbkugel beschleunigt er das Fluggefährt und gleitet am Ufer entlang, dann steuert er es nach oben und über die Bäume nach Osten. Dort entdeckt er Clariis, die ihre Reise in dem kleinen Schiff bereits begonnen hat. Etwa hundert Meter von der Landfläche entfernt taucht sie die Stöcke ins Wasser und zieht sie zu sich, bevor sie diese über der Oberfläche wieder zurückführt und die Bewegung wiederholt. Zug um Zug gleitet sie übers Wasser, weiter vor in eine fremde Welt.

Maleeo schwebt ruhig in der Luft und betrachtet sie. Während sie sich weiter entfernt, fragt er sich, ob auch seine Erinnerungen an ihre gemeinsame Zeit irgendwann nachlassen, bis sie nur noch kleine Punkte in seinem Bewusstsein sind. Er will sich abwenden und zur Wand fliegen, da sieht er etwas am Horizont, das sich in Clariis Richtung bewegt. Nach einer Weile erkennt er es als ein Schiff, größer als das von Clariis, soweit er es auf die Entfernung erkennen kann. Zwei große weiße Tücher ragen an Balken vom Deck empor. Anscheinend fangen sie damit den Wind auf und bewegen sich so fort, vermutet er.

Als sich das Wassergefährt Clariis nähert, werden die Tücher gedreht, wonach es langsamer wird und leicht schwankend stehenbleibt. Menschen stehen an der Reling und lassen eine Strickleiter runter. Erst nach einer Weile erhebt sich Clariis und klettert an Bord des größeren Schiffs. Sie steht den Fremden gegenüber, anscheinend unterhalten sie sich. Dann tritt jemand vor und umarmt sie, heißt sie willkommen, glaubt und hofft Maleeo.

Trotz des Verlusts fühlt sich der Moment für ihn richtig an. Sie hat für sich den einen Weg gewählt und das sollte auch er tun. Ein letztes Mal blickt er in ihre Richtung, bevor er beschleunigt und zur Wand fliegt, über die Erschafferinnen hinweg in seine Welt der Wüstenmeere.

Nach einigen Stunden nähert er sich der Turmstadt und steuert nah an den Boden, um in dem Schatten anzuhalten, den die riesige Säule durch die Nachmittagssonne wirft. Bevor er von Bord klettert, schneidet er zwei Früchte auf, trinkt ihren Saft und isst das Fruchtfleisch.

Als er den Sand unter den Füßen spürt, lässt er sich auf die Knie sinken und vergräbt die Hände darin. Sein Körper beginnt zu zittern, Weinkrämpfe schütteln ihn. Aus Dankbarkeit, noch am Leben zu sein, wieder die Wüste zu fühlen. Durch die Strapazen der letzten Tage. Und der unumkehrbaren Gewissheit, Clariis verloren zu haben, die seit seiner Kindheit Teil seines Weges war.

Irgendwann beruhigt er sich etwas und blickt nach oben. Das Leben, das die wiederbelebte Litiaah in der Stadt gesät hat, ragt noch weiter nach unten. Grüne Pflanzen umschlingen die Spitze der Säule. Anscheinend entwickelt es sich auch so weiter, ohne eine erneute Erweckung der Erschafferin, die nun wieder ihren Platz auf der Wand eingenommen hat.

Auch auf dieser Seite sind halbkreisförmige Öffnungen, die ins Innere des Bauwerks führen. Maleeo überlegt, erneut die Turmstadt zu betreten und zu den Gewächsen zu gehen, bei denen Clariis gestorben ist. In der Hoffnung, dort noch ihre Seele zu spüren. Aber sie ist an keinem bestimmten Ort, wird ihm klar. Sie lebt in den Gedanken und Herzen derjenigen weiter, denen sie wichtig ist. Die mit ihr gelacht und gelitten haben. Mit diesem Gedanken begibt er sich wieder auf das Luftschiff und fliegt weiter nach Westen.

Er erreicht die Ebene mit dem glatten Gestein und den weit hinab reichenden Felsspalten. So schnell es geht gleitet er darüber hinweg, bis er zur roten Wüste kommt und parallel zu der etwa hundert Meter links von ihm verlaufenden Mauer steuert, auf der sich das Schiff der Noheeya fortbewegt hat .Als die rechteckigen Berge mit der Schlucht dazwischen in Sicht kommen, wird das Fluggefährt langsamer.

„Verdammt!", flucht Maleeo.

Die Energie des Schiffs ist aufgebraucht, über den Sand rutschend kommt es zum Stehen. Er isst die letzten Früchte, nimmt die Pergamentrolle mit der Karte und springt von Bord. Unter der tiefstehenden Sonne eilt er weiter und blickt dabei immer wieder nach unten, aber noch sind die Squantibb nicht zu sehen.

Es ist es fast dunkel, als er in die Schlucht tritt. Wenig später vibriert der Boden. Rötliches Leuchten nähert sich aus der Tiefe der Wüste. Suchend blickt er sich um und läuft zu einer Stelle, an der mehrere Vorsprünge aus dem Fels ragen. Trotz der nahenden Gefahr atmet er tief durch und merkt sich einen Weg, den er nach oben klettern kann. Dann steckt er das Pergament unter sein Gewand und beginnt den Aufstieg. Bei jedem

Griff versucht er sich vorzustellen, wie Clariis es gemacht hätte. Bis er den Eingang einer Höhle erreicht, die nur wenige Meter in den Berg führt.

Nicht lange, nachdem er sich erschöpft hingelegt hat, hört er von unten die nachtaktiven Wüstenbewohner, die sich an die Oberfläche graben und mit ihren Fühlern im Sand nach Nahrung suchen. Ihr roter Schein erhellt die Umgebung. Maleeo holt die Karte hervor, legt sie neben sich und schließt die Augen.

Bis in die Nacht hinein liegt er wach und hält sich die Ohren zu, um das Schachern des unter ihm krabbelnden Albtraums zu verdrängen. Irgendwann ist er so müde, dass seine Hände hinabsinken und ihn der Schlaf einhüllt

Blinzelnd öffnet er die Augen, Das erste Licht des neuen Tages hat begonnen, die Dunkelheit zu verdrängen. Er steht stöhnend auf und blickt vom Höhleneingang hinab. Die Squantibb sind dabei, sich wieder in ihr unterirdisches Reich zu graben. Einige Meter weiter links entdeckt er im Sand das verblassende Leuchten eines violetten Steins.

Erst als er sicher ist, dass die nächtlichen Wüstenbewohner verschwunden sind, greift er das Pergament, lässt es in die Schlucht fallen und klettert hinunter. Über den aufgewühlten Boden nähert er sich dem Artefakt, kniet sich davor und hebt es auf. Von der Form her könnte es sein Stein sein, den er in den Schacht geworfen hat, um Clariis und sich zu retten. Kann das sein?, fragt er sich. Wie ist er hierhin gekommen?

Aber er ist nicht sicher, als er ihn hin und her wendet. Auch das Band darum fehlt.

Clariis Worte kommen ihm in den Sinn, als er ihr die steinernen Blätter gezeigt hat.

Vielleicht hilft uns die verbliebene Magie, bevor sie diese Welt endgültig verlässt. Ist das Artefakt deswegen hier aufgetaucht, wie schon damals vor dem Caluuah-Gebirge? Um ihn auf seinem weiteren Weg zu begleiten?

Nachdem er es in eine Tasche seines Gewands gesteckt hat, holt er die Karte und geht nach Westen.

Er erreicht das Ende der Schlucht und blickt über die rote Wüste. Unter wolkenlosem Himmel erstreckt sie sich bis zum Horizont. Wie weit würde er kommen, wenn er sich ohne Wasser und Nahrung auf den Weg macht? Vielleicht kann er eine der verlassenen Siedlungen erreichen? Aber was sollte er dort, außer den Squantibb zum Opfer fallen? Neben ihm verläuft die Mauer, auf der das Schiff fährt, in dem Clariis und er hierhin gekommen sind. Er legt eine Hand darauf, spürt aber keine Vibrationen. Was bleibt ihm, außer hier im Schatten der Schlucht darauf zu warten, bis die Noheeya irgendwann vorbeifahren, um zur steinernen Ebene zu gelangen?

Mit hängenden Schultern geht er zurück zu der Höhle, in der er übernachtet hat und klettert hinein. Wahrscheinlich wird er bis zur Dunkelheit ohne etwas zu Essen auskommen müssen, befürchtet er.

Bereits mittags knurrt sein Magen so laut, dass er sein Versteck wieder verlässt und im Sand nach Lebewesen sucht. Ab und zu findet er einige Zentimeter unter der Oberfläche kleine Käfer, die sich jedoch so schnell wieder eingraben, dass es fast eine Stunde dauert, bis er einen erwischt und verzehren kann. Noch erschöpfter als zuvor begibt er sich wieder in sein Versteck und legt sich hin. Der Schlaf, auf den er hofft, holt ihn schon nach wenigen Minuten.

***

Er war schon mal hier, in einem anderen Traum. Wieder sitzt er im strömenden Regen auf dem Felsen. Aber Clariis ist nicht mehr bei ihm. In dem Wasser, das ihn umgibt, schwimmt sie davon und taucht unter.

Auch diesmal kommt ihm jemand entgegen, begleitet von violettem Licht. Mit schnellen

Zügen nähert sich die Person. Als sie aufsteht, erkennt er sie endlich. Nariih. Sie trägt

etwas um ihr Handgelenk, einen Armreif auf dem kleine, leuchtende Steine befestigt sind.

Eine Weile blicken sie sich an, dann fragt sie: „Wo bist du?"

Er blickt auf das Artefakt in seiner Hand und sagt es ihr.

***

Als er die Augen öffnet, hat die Dämmerung bereits begonnen. Schnell steckt er seinen

bereits leuchtenden Stein in die neben ihm liegende Pergamentrolle. Dann steht er auf,

bringt sie ans Ende der Höhle und geht zurück, um in die Schlucht zu blicken. Noch ist

das rote Leuchten nicht zu sehen, dennoch zieht er bereits sein Messer und setzt sich an

den Rand.

Nach einer halben Stunde erreichen die Squantibb die Oberfläche. Eine Weile

beobachtet Maleeo sie, wie sie mit ihren länglichen Körpern über den Boden krabbeln und

ihn mit den Fühlern nach Nahrung absuchen. Käfer und andere Insekten verschwinden in

den hungrigen Mäulern.

Keine der Kreaturen scheint ihn zu bemerken. Er atmet tief durch, klemmt das Messer

zwischen die Zähne und beginnt, mit achtsamen Bewegungen hinabzuklettern. Als er nur

noch einen Meter vom Boden entfernt ist, prüft er, dass er mit den Füßen und der linken

Hand einen sicheren Halt hat. Dann greift er mit der rechten seine Waffe und hält sie mit

der Spitze nach unten. Ein Squantibb krabbelt darunter her, er sticht ihm in den Kopf und

drückt die Klinge soweit es geht nach unten. Kurz zuckt die Kreatur, dann bleibt sie still

liegen.

Erneut hält er das Messer mit dem Mund. Das tote Wesen drückt gegen seine Wange, Blut läuft daran hinab. So schnell er kann arbeitet er sich wieder nach oben und kriecht einige Meter in die Höhle, wo er sich hechelnd an die Wand lehnt und seine Waffe mit der Beute neben sich legt. Als sich sein Atem beruhigt hat, zieht er die Klinge heraus und beginnt den Squantibb zu zerlegen.

Nachdem er die weicheren Teile der Kreatur gegessen hat, entschließt er, erst mal keine weitere zu töten. Stattdessen lehnt er sich zurück und hofft, dass ihm nicht schlecht wird.

Ein Flattern lässt ihn aufschrecken. Er blickt in die Richtung des Geräuschs und sieht am Rand der Höhle einen kleinen Vogel. Ist es der gleiche, der dafür gesorgt hat, dass Clariis und er angegriffen wurden?, fragt sich Maleeo. So schnell er kann greift er sein Messer und steht schwankend auf. Bevor er das Tier erreicht, trillert es mehrmals und fliegt davon Schon kurz danach beginnen die Squantibb in der Nähe der Höhle, die Wand hinaufzuklettern. Als sie sich ihm nähern, kniet er sich hin und sticht auf sie ein..Manche geben im Todeskampf einen schrillen Ton von sich und locken damit weitere ihrer Artgenossen an.

Nach einigen Minuten kann er sie nicht mehr zurückdrängen und will nach hinten in die Höhle flüchten, da beginnt der Boden zu vibrieren. Er bemerkt etwas aus dem Augenwinkel und sieht dorthin. Bei dem Anblick hätte er fast das Messer fallenlassen. Das über der Mauer schwebende Schiff der Noheeya nähert sich. An Bord steht Nariih mit einem Speer in der Hand.

Sie bringt das Gefährt zum Stehen und bekämpft mit ihrer Waffe die Squantibb, die zu ihr hochkrabbeln.

„Spring!", ruft sie Maleeo zu.

Auch er tötet weitere Kreaturen, bevor er zum Ende der Höhle eilt, die Karte aufhebt und den Stein darin auf seine andere Hand rutschen lässt. Dann läuft er zurück und springt über die Angreifer in die Schlucht. Kurz hinter der Reling landet er auf dem Deck, stolpert und rollt sich über die Seite ab.

„Wo ist Clariis?", fragt Nariih.

Maleeo steht auf und blickt sie kopfschüttelnd an.

„Tut mir leid!", antwortet sie und setzt das Gefährt Richtung Westen in Bewegung, bevor sie mit ihm zusammen auf die Kreaturen an der Außenwand des Schiffs einsticht.

Als sie die Schlucht verlassen, betrachtet er erschöpft die Umgebung. In alle Richtungen ist die nächtliche Wüste von den rot leuchtenden Squantibb bedeckt.

„Was ist passiert?", fragt er mit trockener Stimme, ohne zu wissen, ob er die Frage sich selbst oder Nariih stellt.

„Das muss du mir sagen. Ruh dich erst mal aus, du kannst mir alles erzählen, wenn wir die Siedlung erreicht haben."

„Ja", will er antworten, aber in seiner Müdigkeit spart er sich auch dieses Wort. Stattdessen legt er sich aufs Deck und schließt die Lider.

Als er sie das nächste Mal öffnet, erblickt er über sich eine Decke aus rotem Gestein. Stöhnend richtet er sich auf und erkennt das Innere von Nariihs Haus. Neben ihm steht ein Krug mit Wasser und ein Teller mit Früchten. Er setzt sich davor, trinkt und isst etwas und hätte sich fast wieder hingelegt. Aber bevor die Erschöpfung erneut nach ihm greifen kann, steht er auf und geht auf wackeligen Beinen hinaus.

Der Moment kommt ihm bekannt vor, als er Nariih im Licht der Abendsonne neben der Tür sitzen sieht. Auch diesmal werden ihre Haare von weißen Bändern gebändigt. Vor ihr liegt getrocknetem Gras auf einem Tuch.

„Hey!", sagt sie und lächelt. „Willkommen zurück!"

Er wischt sich über die Augen und lässt sich neben ihr auf den Boden sinken. „Wie lange hab ich geschlafen?"

„Lange genug. Bedien dich." Sie zeigt auf das Gras.

„Danke", antwortet er, nimmt sich etwas und kaut darauf. „Wo bist du hin nach der Zeremonie für deinen Vater?"

Eine Weile schweigt sie und lehnt den Kopf an die Wand, um zum Himmel zu sehen.

„Wahrscheinlich war mein Drang noch nie so groß wie in dieser Nacht, allem zu entfliehen. Also bin ich ... einfach losgelaufen. Zuerst nach Osten über den Sand, dann zu den Bergen im Norden. Bis mir wieder klar wurde, dass ich kein Ziel habe und deswegen ohnehin zur Siedlung zurückkehren werde. Ich wartete in einer Höhle, bis das Unwetter aufhörte und fand darin dieses Armband." Sie hebt den rechten Arm.

Maleeo erkennt den Reif um ihr Handgelenk aus seinem Traum. Die kleinen Steine darauf leuchten in der Dämmerung. „Ich habe sie in dieser Form noch nie gesehen." Kurz streicht er mit den Fingern darüber.

„Ich auch nicht. Es fühlt sich kühl an auf meiner Haut, aber vor zwei Tagen wurde es warm und hat mitten am Tag geleuchtet. Ich habe dich in meinen Gedanken gesehen. Du sagtest mir, wo du bist, dass du Hilfe brauchst."

„Bei mir war es ein Traum. Ich hatte zuvor diesen Stein im Sand gefunden." Er holt ihn aus einer Tasche seines Gewands.

„Hattest du ihn verloren?", fragt Nariih.

„Ich musste ihn opfern, um die Squantibb abzulenken."

„Du hast bestimmt viel erlebt!"

„Ja", antwortet er und nimmt noch etwas vom Gras. „Ist eine lange Geschichte."

„Wir haben Zeit. Warte." Sie eilt ins Haus und kommt kurz danach mit dem Krug und dem Teller zurück. „Fang an!"

Einen Moment überlegt er, dann beginnt er mit den Geschehnissen im Friedhofsfelsen.

„Was hast du nun vor?", will sie wissen, als er fertig ist.

„Es ist Zeit, nach Hause zurückzukehren. Vorher reise ich zum Caluuah-Gebirge, zu dem Hochtal, in dem Clariis gelebt hat. Ihr Stamm soll erfahren, was passiert ist."

„Vielleicht setzt du deine Reise irgendwann fort? Moment!" Erneut geht sie hinein und kommt mit der Pergamentrolle wieder. Sie breitet die Karte aus und hält sie vor sich.

„Halte deinen Stein darunter."

Maleeo beleuchtet das Pergament mit seinem Artefakt. „Was ist das?", fragt er, als an mehreren Stellen violette Linien sichtbar werden.

„Ich habe es letzte Nacht im Schein meines Armbands entdeckt", antwortet Nariih.

„Vielleicht sind es Orte zur Zeit der alten Völker?"

„Wer weiß." Er streicht mit dem Zeigefinger über etwas am westlichen Rand, das aussieht wie Häuser unter geschwungenen Linien, die Dünen darstellen könnten. „Eine unterirdische Stadt?", überlegt er. An einer anderen Stelle, weit im Süden, ist etwas spiralförmiges eingezeichnet, das ein riesiger Turm sein könnte. „Ob sie noch existieren?"

„Wäre bestimmt eine Reise wert, um es herauszufinden."

„Ja", flüstert Maleeo ehrfürchtig und steckt den Stein wieder weg. „Möchtest du mitkommen, wenn ich aufbreche?"

Einen Moment sieht sie ihn an, dann lächelt sie und nimmt noch etwas vom getrockneten Gras. „Hört sich nach einer Chance an, mal etwas von der Welt zu sehen. Also warum nicht?"

Zwei Tage später folgen sie dem Pass zur anderen Seite des Gebirges. Maleeo trägt einen Wasserschlauch, Nariih eine Umhängetasche mit Kräutern und Früchten, außerdem ihren Speer. Als sie die Wüste auf der anderen Seite erreichen, gehen sie an den Bergen entlang nach Norden, bis sie zu der Siedlung kommen, vor der Maleeo und Clariis das Schiff zurückgelassen haben. Es ist noch da, jedoch stark zur Seite geneigt und von Sand bedeckt.

„Oh nein!", ruft Nariih.

„Die Menschen hier interessieren sich nicht sonderlich fürs Reisen", sagt Maleeo. „Sie bleiben lieber hier und lassen sich aus dem Caluuah-Gebirge beliefern."

Als sie das Gefährt erreichen, stemmen sie sich dagegen und versuchen es aufzurichten, aber es ist zu schwer.

„Was machen wir jetzt?"

„Ich rufe einen Sandreisenden, für ihn ist es hoffentlich kein Problem."

Er zieht sein Messer, schneidet sich in den Zeigefinger und lässt das Blut hinabtropfen. Als auch nach einigen Minuten nichts passiert, fragt er sich, ob die Reisenden nach seiner Zeit auf der anderen Seite des Gebirges nicht mehr auf ihn reagieren. Aber dann vibriert der Boden. Tentakel schlängeln sich aus dem Sand und tasten den Rumpf ab, bis sie sich gegen ihn pressen und das Schiff aufrichten.

Maleeos Augen werden glasig, als er die kurzen, blauen Fangarme erkennt. Er legt eine Hand auf die glatte Haut, kurz danach ertönt ein tiefes Brummen. „Ich bin zurück, mein Freund!", sagt er und lächelt.

„Kann's weiter gehen?", fragt Nariih.

„Denke schon."

Nacheinander klettern sie an Bord. Maleeo tritt ans Steuerrad, Nariih stellt sich an den

Bug und legt ihren Speer neben sich ab.

„Los!", ruft Maleeo, nachdem er den Stein in seiner Tasche umgriffen hat.

Der Sandreisende setzt sich in Bewegung und zieht das Schiff mit sich. Maleeo schließt die Augen und genießt den Fahrtwind, als sie durch das Wüstenmeer Richtung Westen gleiten.